Gold and Silver in Goblin Market

Tomoko Takiguchi

クリスティナ・ロセッティの詩学とその周辺

滝口智子

松籟社

【目次】　クリスティナ・ロセッティの詩学とその周辺

クリスティナ・ロセッティの詩学とその周辺
目　次

クリスティナ・ロセッティの詩学とその周辺

はじめに　本書の構成

本書は十九世紀英国ヴィクトリア朝期の詩人クリスティナ・ロセッティと、その先駆者のひとり、後期ロマン派詩人レティシア・ランドン（L.E.L.）についての試論を中心にまとめたものである。番外編として、ウォルター・スコットの小説とバレエ作品およびその原作を扱う。全体は三部に分かれ、内容はたがいに緩やかに関連する。それぞれのタイトルに象徴、贈与、異世界という言葉を含めた。論じる作品には、死・眠り・破滅への衝動・妖精、等の幻想的なモティーフが繰り返しあらわれる。

第一部はロセッティの詩における象徴の手法を考察する。第1章は神学上の概念である「魂の眠り」に注目し、死と眠りの境界を描く詩「夢の国」を分析する。第2章は、世俗的恋愛詩、ソネット連作「モンナ・インノミナータ」（名もなき婦人）を、キリスト教的予表論の観点から読む。第3章は、オックスフォード運動の詩学における「類比」と「保留」の概念が、ロセッティの抒情詩に浸透している様を見る。第4章は、おとぎ話「眠りの森の美女」の書き直しである寓意物語詩「王子の旅」を、語りの技法に着目しつつ読む。とくに最初の三章では、ロセッティの作品に、宗教的象徴の世界観が織り込まれていることを明らかにする。

第二部は、贈与交換と市場交換に言及しつつ、ランドンとロセッティを考察する。第5章は、マルセル・モースの贈与論を参照し、ランドンの詩における死の贈与と金いろのモチーフに、破滅への衝動がひそむことを論じる。第6章は、ランドンの波乱の人生を英国帝国主義の背景とともに紹介し、彼女の死が、その詩作品同様、読者への贈与であったことを示す。第7章は、ランドンに続き交換と死を扱ったロセッティの「ゴブリン・マーケット（小鬼の市）」を読み、金と銀のイメージの含意を探る。

第三部（番外編）は異世界／妖精の国への越境を扱った作品である、スコットの小説とロマンティック・バレエを論じる。第8章は、オペラ『ランメルモールのルチア』の原作であり、バレエ『ジゼル』にも影響を与えたことで知られる、スコット作『ラマムアの花嫁』をとりあげる。第9章は、バレエ『ラ・シルフィード』とその原作『アーガイルの妖精トリルビー』を比較する。この章はフランス文学とバレエを扱うが、十九世紀にスコットの作品がオペラやバレエに影響を与えていた事情を鑑み、(1) 文学と他芸術のつながりの一端を示唆できればと願う。

補遺として、第一部で言及した、十九世紀詩の伝統を探るうえで重要な象徴の詩学である、オックスフォード運動の概念「類比」と「保留」についての解説を付した。

なお本書において、原詩の韻律や単語などを参照する必要のある場合は、原詩と翻訳を掲載し、その他の場合は翻訳のみを掲載する。

第一部　象徴の詩学　クリスティナ・ロセッティ

1.「夢の国」と魂の眠り——前千年王国論と類比

魂の眠り——前千年王国論の終末観

ロセッティの「夢の国」は、メランコリーを流れるような韻律にのせてうたう叙情詩に、宗教的世界観が織り込まれた作品である。まず最終連に注目してみる。

DREAM-LAND.

Where sunless rivers weep
Their waves into the deep,
She sleeps a charmed sleep:
Awake her not.

Led by a single star,
She came from very far
To seek where shadows are
　Her pleasant lot.

She left the rosy morn,
She left the fields of corn,
For twilight cold and lorn
　And water springs.
Through sleep, as through a veil,
She sees the sky look pale,
And hears the nightingale
　That sadly sings.

Rest, rest, a perfect rest
Shed over brow and breast;
Her face is toward the west,

The purple land.
She cannot see the grain
Ripening on hill and plain;
She cannot feel the rain
Upon her hand.

Rest, rest, for evermore
Upon a mossy shore;
Rest, rest at the heart’s core
Till time shall cease:
Sleep that no pain shall wake;
Night that no morn shall break,
Till joy shall overtake
Her perfect peace.

夢の国

陽のささない河が　涙ながらに
海を求めて流れるあたり
乙女は魔法の眠りにつく
　どうか起こさないで
ひとつの星にみちびかれ
喜びの薄闇の地を求めて
　遥かな地からやってきたから

冷たく寂しいたそがれと
泉をもとめて
ばら色の朝と小麦畑を
　後にした乙女
ヴェールのような眠りをとおして
蒼ざめた空を見て
寂しくうたう
　小夜啼鳥の声を聞く

眠れ、眠れ、ふかい眠りが
乙女の額を　胸をつつむ
その寝顔は西方の
　くれないの国を向く
もう見ることもない
丘や野に実る瑞穂《みずほ》を
もう感じることもない
　その手に降りそそぐ雨を

眠れ、眠れ、永遠に
苔むす岸辺に
眠れ、眠れ、こころゆくまで
　時の終わりまで
苦しみに目覚めない眠り
朝の日にやぶられない夜の帳《とばり》
喜びがふかい安らぎに
　届くときまで(1)

最終連の統語的繰り返しによる力強いリズム、「時の終わり」「喜び」の語句は、(2)キリスト再臨と全人類復活を待ちのぞむ終末観を暗示する。

ロセッティが生まれ育った十九世紀、とくに一八二〇年代から七〇年代にかけて、あるキリスト教の終末観が、多くは非国教徒と英国国教会の低教会派のあいだで広まっていた（その後は急速に忘れ去られることになるのだが）。その終末観は、前千年王国論あるいはキリスト再臨論と呼ばれる。(3)時の終わり、つまりキリストが再臨し、至福千年王国の始まりを告げる時期が切迫しているという考えかたで、聖職者たちがこの考えにもとづき説教を行ない、関連本も多数出版された。神学的な知識を背景に、同時代の出来事をキリスト到来の予表とみなし、時の終わりの年代を予言する動きもさかんだった。

前千年王国論によれば、人の生から神とともにある第二の生にいたるまでの過程には多くの段階がある。「地上の生」→「死」→「待っている時」→「キリスト再臨」および「復活」→「至福千年」→「最後の審判」→「最終的状態（第二の生）」という段階である。この道筋は、生から死、死から復活、復活から審判へ、というように、徐々に終末への期待がたかまる、繰り返しと期待の引き延ばしの構造をなす。

ここで問題となるのは、死者の「待っている時」の状態である。人は死んだあと「時の終わり」が来るまでのあいだどこにいるのか、また、死者は意識があるのか否か、という疑問が起こるのである。ローマ・カトリックおよび英国国教会の正統的な教義では、人は死んだ時点で個別の裁き（私審判）を受け、肉体は朽ち魂だけが天国に行く。その後、全人類が裁きを受ける最後の審判（公審判）の時が来て、かつての肉体と合体し「復活」する、と考えられている。この考えによれば、死後の天国と最後の審判後の天国が同じかどうか、また死後に地獄という裁きを受けた者は最後の審判までのあいだに裁きの変更の望みがあるのかなどの問題はなお残るものの、「死者が待っている」状態はない。しかし前千年王国論の教義によると、死後、魂は「眠り」、「待つ」状態に入る。千年王国のはじまる日に、全人類が眠りから目覚め復活するという。この眠りは「魂の眠り」と呼ばれる。(4)

ジョン・O・ウォーラーによれば、ロセッティは十三歳から十八歳ごろまで、ロンドンのオールバニー通りにあるクライスト・チャーチに通っていて、詩人として早熟の彼女が、感化を受けやすい十代に、そこの牧師であった熱心な前千年王国論者、ウィリアム・ドッズワースの影響を受けた可能性が高いという。彼はその根拠として、彼女の詩にキリスト再臨をうたった作品が多いと指摘する。彼女の死の描きかたには、魂の眠りを思わせるものが少なくない。ジェローム・マッガンは、ウォーラーのロセッティに対する歴史的な観点からの批評方法を高く評価し、「魂の眠り」という考えかたがロセッティの宗教詩で唯一の、最も重要な原理であり、彼女の詩の独自性とさまざまな可能性とを生みだしたとまで明言した。(5)

「夢の国」においても、乙女の眠りには「時の終わりまで」つまりキリストの再臨の日まで眠り続け、キリストとともにある「喜び」を待ち続けるという、「魂の眠り」が描かれているとることは難しくない。

ただし、最終連に至るまでの、一連から三連までのメランコリーの調子は、こうした宗教性を明らかにしないことも確かだ。これは、ロセッティがこの詩の魂の眠りに「類比」の仕組み――十九世紀におけるもうひとつの、宗教と結びついた詩学の伝統――を取りいれていることに起因する。

眠りと死の類比

「夢の国」の魂の眠りには、眠りと目覚めの関係と、死と復活の関係に並行性を認める（眠り＝死、目覚め＝復活）「類比」（Analogy）が含まれている。(6) 十九世紀において類比の詩学を展開したのは、オックスフォード運動（トラクト運動）の聖職者と詩人たちである。彼らとロセッティのつながりは、G・B・テニスンやW・D・ショーその他の研究者によって考察されている。(7)

類比とは、古代キリスト教会の、教父の時代に起源を持つ概念であり、宗教的予表論と並び、十九世紀の詩学に受け継がれていた。(8) マイケル・ウィーラーによれば、当時、死や来世に対する考察や描写が、しばしば類比を用いてなされていた。(9) コールリッジやジョン・キーブルなど、十九世紀の思想家に深い影響を与えた書物であるジョゼフ・バトラーの『宗教の類比』（1736）

の第一章は「来世について」であり、さなぎが蝶に変わるなどの自然における再生の現象との「類比」によって、死後の存在の可能性が示唆されている。眠りと死の類比は古くから見られ、キリストがラザロの死のさいに弟子に対して用いている。[10] 十九世紀文学でも、死の床や墓の場面などで多く用いられたこの眠りと死の類比が、「夢の国」においても取りいれられている。「夢の国」における類比の特質は、（眠り＝死、目覚め＝復活）という並行性において、眠りと死の結びつきは詩の最初から幻想的に描かれるが、宗教的な意味を生む目覚めと復活の結びつきが、詩の後半まで隠されている点にある。

詩は哀しげな音調ではじまる。"weep", "deep", "sleep" の［i］音にのせて、「涙」のように流れる川の水面《みなも》が、眠る女性の魂を映す。その寂しさは安らぎと喜びをともなう（"pleasant", "perfect rest"）。薄闇の岸辺が生のイメージと対比され、美しさの知覚が研ぎ澄まされる。寂しさと美的感覚が互いを強めあうようにして、審美的なメランコリーが生まれ、独特のあこがれの国を映しだす。眠る女性は「泉を求めて」（十二行）やってきたのであり、その顔は異教的な楽園へスペリアを思わせる「西方のくれないの国」（十九―二十行）を向く。

この乙女がだれなのか、どこから川辺に来たのか、はっきりしない。そのため、詩は現実感のない想像上の風景として、小さな神話の世界をつくる。眠る乙女は、水の妖精などの、超自然的、霊的存在のようであり、生と死の境界が曖昧になる。

このように幻想的な国が描かれる一方で、宗教性の暗示もある。一連の「ひとつの星にみちび

眠る乙女は、水の妖精などの、超自然的、
霊的存在のようである

かれ」（五行）は、東方の三博士が、はるかな地から幼子キリストへ導かれたことを想起させる。川が涙ながらに海を求めて流れるイメージは、「神よ、鹿が谷川を慕いあえぐように、わが魂もあなたを慕いあえぐ」（「詩編」四十二章一節）や、「命の水の河」（「黙示録」二十二章一節）、また「川は海に注ぐが海は満ちることなく」（「コヘレトの書」一章七節）などの詩句のこだまである。[11]二連では、ヴェールのような眠りをとおして乙女が見るのは蒼ざめた「空」（十四行）であり、天上の夢を見ているかのようである。

三、四連においては、韻律と語句の繰りかえしに注目される。一、二連でほぼ規則的であった弱強の韻律に対して、三、四連の出だしは強格で始まり、読者をはっとさせる。四連では、二五、二七、二九、三十の各行が強格ではじまり、眠りを覚醒させるような堂々としたリズムを作る。「眠れ、眠れ」の語句の繰り返しや、「完全な眠り」、「永遠に」、「こころゆくまで」の強調を含む語句は詩の語り手の高揚感を伝える。さらに、二九–三十行は「どんな……も……することのない」と断定的な意味をもつ関係節が名詞にかかり、構文と音節の構造が完全な繰りかえしであるため、力強い表現となる。"shall"の畳みかけは、これらの表現に確信のある予言という含みを与える。名詞止めの表現も重みがある。

この確信的な調子は、なにか明確な希望を伝えている印象を与える。乙女の眠りは死の比喩であり、この詩が描くのはキリストの再臨に伴う復活を待つ希望ではないか、ととらえられるのである。

幻想的な眠りの国という読みと、宗教的な希望という読みの、ふたつを考察した。実際にはこのふたつの意味は、織物のようにテクスト内で分かちがたく結びつく。

とくに最終連でそれが顕著である。韻律や統語上では、力強く復活への願いをうたうように見えるが、それならば「眠れ、眠れ」ではなく、「目覚めよ」という呼びかけのほうがふさわしい（それどころか一連では、目覚めさせないようにと戒めている）。一方、二六行の「苔むす岸辺に」という語句は、メランコリーの気分と調和する。強い印象を与える構文の二九–三十行も、復活の希望を語るならば「眠り」や「夜」ではなく、「目覚め」や「朝」という名詞を、強格の出だしとして置くほうが適している。

つまり、この連では、（眠り＝死、目覚め＝復活）の類比における、眠りと死の重なりは深まっているが、宗教的意味を生む目覚めと復活の重なりは、メランコリーのヴェールに包まれ、ほのかに暗示させるにとどまる。

しかし、このように宗教的意味が明確にならないのは、けっしてこの詩の類比が不完全で、うまく働いていないということではない。オックスフォード運動、とくにその中心的存在であるジョン・キーブルの宗教的詩学における類比の考え方を少し立ち入って検討してみるならば、むしろ、この曖昧さは類比の概念と一致しているのである。

キーブルの詩学によれば、類比によってあることが確実に証明されることはありえないという。類比により推論すること、見えるもの見えないものを含め、あるものと別のものとのあいだに並行性を見出し、それを根拠として、可能性でしかないようなある推論をすること――「もしかしたら……かもしれない」とかすかに感じること――だけが、人に許される認識である。[12] また、類比により理解される意味にはいくつかの段階があり、最終的な意味である神秘的、宗教的意味には、一度にかつ完全に到達することはできない。神秘的意味は即座に与えられるのではなく「保留」されている。[13] このような性質を持つ類比は、もともとは神が人に真理を伝える方法である。そして詩人は、神にならって自らも類比をつかって詩を書くことが望ましく、そのさいは神と同様に段階的に自らの感情を明らかにし、意味を保留しつつ書くことが求められるのである。このような観点から見ると、「夢の国」において、「(眠りに目覚めが訪れるように) 死後に復活の日が来るだろう」という予感を暗示するにとどまっていること、また、詩の意味が、メランコリー、幻想的な理想の国、最後の日を待つ魂の眠り、復活 (目覚め) というように、保留されつつ段階的に表れてくることは、類比の概念と一致する。類比の詩学がロセッティの詩に奥行きを与えているのである。

前千年王国論とオックスフォード運動の詩学

ここでひとつ問題となりうるのは、当時、前千年王国論はおもに低教会派と非国教徒のあいだに広まっており、ローマ・カトリックおよび英国国教会の正統的な教義とは言いがたいのに対して、類比の詩学を展開したオックスフォード運動はカトリック寄りの教義をもつ高教会派の宗教運動だったことである。このふたつの流れにそれぞれかかわる「魂の眠り」と「類比」を、高教会派の信仰をもっていたことが知られるロセッティの詩に同時に認めるのは、不可能と考える向きもあるかもしれない。ウォーラーを評価し、ロセッティと前千年王国論との関係に注目するマッガンもやはり、彼女とオックスフォード運動との結びつきを説明するのに苦慮し、ロセッティをオックスフォード運動の詩学の継承者と見るG・B・テニスンの考えは、「(たとえ完全に間違ってはいないにしろ)誤解を導くような見かたである」(括弧は原文のまま)と述べた。(14)

しかし、詩人が、異なるふたつの思潮のうち、どちらか一方だけに想像力の源泉を求めたという結論に向かうべきだろうか。むしろ、いくつかの思潮のなかに詩人をおいて考察するときに、詩人が様々な世界観や詩の技法を受容しつつ創作する複雑なありかたが明らかになるのではないだろうか。こう考えると、アントニー・H・ハリスンが『文脈のなかのクリスティナ・ロセッティ』で述べるように、「マッガンの括弧内の表現が示しているとおり、彼とG・B・テニスンの立場は、まったく相容れないわけではない」。(15) ロセッティがそのように魂の眠りと類比の両方を詩の源泉とすることができた要因のひとつとして、彼女に影響を与えたドッズワース自身が、もともと高教会派の教義を受け継いだが、同時に前千年王国論の影響も受けていたという、他に類例を見ない人物であったことが挙げられるだろう。

ロセッティは、本来は肉体を離れた「魂の眠り」という概念を、絵画的な女性の眠りとして描

超自然的な幻想を魂の眠りや類比の
神秘性と結びつけた

き、「類比」により多層的な意味を与えた。韻律のなめらかさ、語彙の平易さによって、一見ごく自然に、心のままを映し出すかのように見える「夢の国」は、憧れを描く超自然的な幻想を、魂の眠りや類比の神秘性と結びつけて描いた、緊密に構築された詩としてとらえることができる。

2. 予表論の「モンナ・インノミナータ」――ソネットのソネット

ヴィクトリア朝の詩と予表論

聖書解釈法として古い歴史をもつ予表論という象徴の様式が、ヴィクトリア時代の神学や芸術においてしばしば認められる。当時の文学や絵画の予表論を論じたジョージ・P・ランドウは、テニスン、ブラウニング、ホプキンズ、ダンテ・ゲイブリエル・ロセッティ等の詩人たちの作品を考察している。(1)

ランドウは、クリスティナ・ロセッティの宗教詩における予表論にも言及した。(2) 他の研究者は、彼女の物語詩「小鬼の市」や「王子の旅」を予表論的な観点から読みといた。(3) それは、パーソナルな愛をうたう忍耐の詩人として受けとめられる傾向があったロセッティを、歴史と文化の中に位置づける試みの一環となった。

ロセッティの詩には、一見それと気づかないところにも、予表論が認識方法として織り込まれ、詩の世界に奥行きを与えている。本章ではこの観点からソネット連作「モンナ・インノミナータ（名もなき婦人）」（"Monna Innominata"）[4]を考察する。

恋愛詩の「モンナ・インノミナータ」

「ソネットのソネット」（"A sonnet of sonnets"）という副題をもつ十四編のソネット連作「モンナ・インノミナータ」は、各詩編にエピグラフとしてダンテとペトラルカからの引用をあげ、宮廷風恋愛の伝統を表明する。[5]詩の語り手は、中世にトゥルバドゥール（吟遊詩人）が活躍した頃、彼らと同じように愛を歌った無名の女性詩人である。彼女の恋愛には何らかの障害があるらしく、恋人と会える機会は少ない。苦しい恋の設定は宮廷風恋愛の伝統であると同時に、ロマン派からヴィクトリア朝時代にかけて流行した「恋人を待ちわびて希望を失っていく女性の嘆き」という恋愛詩のクリシェに則っている。[6]

この恋愛詩という装いの背後には宗教性がある。折々に宗教的な言説があることにくわえ、全詩編にわたって宗教的予表論がひそんでいる。「モンナ・インノミナータ」を考察する前に、予表論とは何かということを確認しておこう。

予表論とは

予表論の歴史はキリスト教以前にさかのぼる。今日まで聖書解釈・神学・歴史書・文学において様々な形で表れてきた予表論の定義は、大きな課題のひとつである。[7]

ランドウによれば、ヴィクトリア時代の予表論的思考とは「キリスト以前の旧約聖書に描かれたあらゆる出来事は、レンズのようにキリストの出現に向けて集約される。彼の死と復活の後は、すべての物事がキリストの生涯及び再臨に向けて、後方と前方とに同時に集束していく」というものだった。[8] この定義には予表論の特性と多義性が凝縮されており、次に述べる三つの予表論の基本型が含まれる。[9]

（1）「前向き予表論」（prefigurative typology）

伝統的予表論とも言う。旧約聖書の人物や出来事が新約聖書のキリストやその人生・出来事の予兆である、という考え方。このとき旧約の人物や出来事は、キリストや彼によって成就されることの「予表」（type: prefiguration）と呼ばれる。一方このような予表の成就であるキリストやその人生は「対型」（antitype）と言う。

（2）「後ろ向き予表論」（postfigurative typology）

キリスト以後に起こった出来事や人物が、キリストあるいは旧約聖書の人物の生涯をなぞっているという、十七世紀に広まった考え方。過去の物語に言及するため、「後ろ向き」と呼ばれる。新大陸に渡った清教徒たちが自らがキリストの苦難の人生をたどっていると考えていたのもこれに当たる。

（3）「予言的予表論」（prophetic typology）

聖書に書かれていることでまだ実現していないことがもうすぐ成就されるという考え方。キリスト再臨と来たる神の国を信じ、様々な事物や出来事にそのしるしを見いだす一種の終末論がここに分類される。[10]

以上のように、予表論は独自の時間概念をもつ象徴・記号様式である。つまり、あらゆる予表（象徴するもの）がその成就（象徴されるもの）に向けて時間的にある一点を、過去からであれ未来からであれ目標として目指す、という構造をもつ。

予表論の「モンナ・インノミナータ」

「モンナ・インノミナータ」には右に述べた予表論の基本型が混在している。以下の分析が煩雑になるのを軽減するため、そのような混在や特徴的なあり方をあらかじめ四つに分類し、便宜上（T1）、（T2）等と表す。

（T1）「雅歌」の予表論（前向きと後ろ向き予表論の混在）

旧約聖書の「雅歌」に描かれる花婿と花嫁は、キリストと教会あるいは信徒との聖なる結びつきの予表である、と伝統的に考えられてきた。俗世の愛を天上的な神への愛を象徴するものとして描く手法は、このような「雅歌」の恋人たちをなぞったものである。

(T2) 人生=巡礼の旅の予表論（後ろ向き予表論）

個人の生は、ひとりのクリスチャンとしてキリスト（あるいはキリスト的人物）の人生にならうものであり、苦しみを超えて神の国へ至る巡礼の旅だとする考え方は十七世紀に広まり、当時の詩人によって繰りかえし描かれた。ロセッティもその影響を受けている。[11]

(T3) 前千年王国の予表論（予言的予表論）

ヴィクトリア時代にキリスト再臨を待ちのぞむ前千年王国論がさかんになり、ロセッティの詩作の源泉のひとつとなった。[12] 恋人の到来を「待つ」というモティーフにはこの予表論的構造がひそむ。

(T4) 俗世の愛の経験を、将来の愛の成就の予表とみなす考え方（俗化された予表論）

予表論に含まれる時間の概念が俗世の愛に応用されたもの。[13] 一見宗教性がないと思われる詩編にも予表論が内在することを示す。

以上の予表論のあり方が十四編のソネットに織り込まれていることを、次に検討していく。検討された際には、文末に（T1）（T2）等の記号で示す。

一編のソネットは十四行からなる。「モンナ・インノミナータ」は十四編のソネットがあることから、「ソネットのソネット」という副題がついている。便宜上、作品全体を「大きなソネット」

と呼ぶことにしよう。
ここではまず大まかに、番号がついた各ソネットを「大きなソネット」の一行と考えて、第一の四行連（ソネット1～4番）、第二の四行連（5～8番）、第一の三行連（9～11番）、及び第二の三行連（12番～14番）からなる「大きなソネット」の構造を捉える。混乱を避けるためこれ以後、以上四つの連をそれぞれ第一、第二、第三、第四連と記す。また、十四編の各ソネットはそれぞれ1番、2番等と記す。

第一連は、無名の女性が語り手となり恋人への愛を歌う。彼女は恋人と会えない苦しさと、ふたりの関係について瞑想する。第二連に宗教的言説があらわれ、語り手は信仰により自身を高め、より恋人を愛することができるようにと祈る。第三連では、恋愛における希望の喪失と、神の国へ至る希望が同時に語られる。第四連では恋人との別れが暗示され、自らと恋人とを神の手に委ねようとする諦念が支配的となる。

このソネット集は、第一連を読んだかぎりでは純粋な恋愛詩に見える（第一連は後ほど詳しく考察する）。第二連で、ごく自然に宗教詩の様相が入りこんでくる――自然に、というのは、恋人のための祈り（5番）が、第一連における彼への一途な愛情を引き継いでいるからである。しかし、その祈りに現れる「神」を修飾する言葉が雄弁であるため、恋人のための祈りは巧妙に、神への賛美と一体化してゆく。

わたしの心にいつも住む　わたし自身より
　わたしである方よ　神があなたとともにあり
　　真に忠実であるよう導かれますように
　貴くも神へお仕えすることで自由になるから
　予見できる佳きことがすべて与えられますように
　　……
神の御心のままに　あなたが全《まった》き方でありますように。（5番一–八行）(14)

「予見できる」という言葉は予言的予表論的な世界観を映す（T3）。ソネット後半の「（ヨハネがキリストに洗礼を授けた）ヨルダン川の水が両岸を洗うように、今日も、明日も、永遠に」恋人を愛したいという祈りは、愛をヨルダン川の聖なる永遠性の予表としている（T2）。

5番の宗教性は、6番における語り手の神への愛情の表明を導く。

どうぞ信じて、愛しいあなたは非難なさらないし
　そうせよとおっしゃることでしょうが　わたしは神を一番に愛し
　どちらかを失わねばならないならあなたを諦めます。
ロトの妻のように捨てたものを惜しみ

不信心にも振りかえったりなどしません。
よくよく考えた上でこう言うのです……　（6番　一-六行）

語り手は神への愛と恋人への愛を比較し、信仰を恋愛の上位に置くと宣言する（ように見える）。ところが、6番後半に向かうにつれて恋人への愛情がふたたび呼びおこされ、シーソーが不安定に傾くように、この宣言が揺らいでゆく。とうとう最後の一行で論旨が覆《くつがえ》される。

神をより愛するからこそ、あなたをも愛します。
そう、それこそが愛です、
神を愛さなければあなたを愛せません
あなたを愛さなければ神をも愛せないのです。　（6番　一一-一四行）

（神への愛が上位）という論旨を混乱させる言説、そして（神あってこそのあなた）と（あなたあってこその神）という一見互いに矛盾する言説が、「あなた」と「神」を交換しただけの同じ語彙と構文をもって最終二行にあらわれること――この仕掛けによって、6番に対してこれまで知的な理解を求められてきた読者の心の中で一瞬思考の停止が起こり、直感的に「神」と「あなた」が重なりあう。

7番において語り手が恋人と共にある地上の楽園を夢見つつ、「雅歌」の言葉「ねたみは墓のように残酷だが、愛は死のように強い」を慰めとするとき、語り手の愛情は、地上の愛と天上の愛が融合する「雅歌」の世界と関連付けられる（T1）。

8番は、ソネット連作中、ことに明らかな予表論が見られる。語り手は旧約聖書「エステル記」におけるエステル妃の「予表」となりたいと願う。エステル妃は勇敢にも、定めに反しクセルクセス王に願いを申しでて、ユダヤ民族の命を救った女性である。彼女のように自分も命をかけて愛する人を救いたいという語り手は、エステルを模範としてクリスチャンとして生きる願いと、強い俗世の愛情を同時に歌う（T2）。

「私は死ぬなら死んでもいい。」エステルは言った。
　生死をかけた花嫁は美しく装った、
　艶やかな髪に香りをつけて
憧れをかきたて鎮める微笑みをうかべて
　……
絹の髪で夫を罠にかけ
　賢いたくらみで彼を征服し
　　民族の家をうち建てた――

　わたしもそのように命をかけて
愛する人のために愛の神に祈りをささげ
　神に聞きとどけてもらえたなら！　（8番　一-四、九-一四行）

以上のように第二連では主に（T1）と（T2）の予表論を通して俗世の愛と宗教性の融合がみられた。次に第三連。

　……愛は夜通し苦しんでも
朝には得るものがある。　（9番　一〇-一一行）(15)

　いとしいお友達よ、安らかに眠りにつきましょう
しばしの間――それで時も悲しみも終わります。
しばしの間――新たな命が、失ったもの　朽ちたもの
死んだものを無効にし、すべてが愛となるのです。　（10番　一一-一四行）

わたしの愛はあなたを去っても　死の門に至る
　道の向こうで　新たにあなたを求めます

審判の日に明らかにしてください
　わたしの愛は風ではなく命そのものだったと。
（11番　一一–一四行）

この第三連において、語り手は恋愛における希望の喪失を語る。だがそのような諦念に反するように、新たな希望も語りはじめる。新しい生を得て神の国に入る日、つまりキリスト再臨という「未来」の一点を待ちのぞむという希望である（T3）。
　さてここで、第二・第三連における予表論的構造を念頭におきつつ、俗世の愛を描く第一連をふりかえると、そこにも宗教性が立ちあらわれることに気づく——第二・第三連と同様に予表論的構造がひそむからだ。

　戻ってきて、待ちつづけるわたしのもとへ——
いいえ　やはり来ないで、それは終わりのしるしだから
あなたを待つ長いときがまたはじまるだけ
わたしの喜びはほんの束の間。
あなたが来ないあいだ、わたしは何をしていても
考える、「あの人が来たら」と——なんてたのしい「そのとき」。
広い世界のなかでだれよりも　そう、ただひとり

どこに行ったの
わたしがうたったあの歌は

いとしい人よ、あなたがわたしの世界です。
それなのに、あなたに会うのは苦しみになる
　別れの痛みがすぐにやってくるから。
わたしの希望は、あなたに会える天上の日々のあいだで
　月のように満ち欠けする。
ああ、でもどこに行ったの　わたしがうたったあの歌は
　美しいとあなたが言ったから　すべてが美しかった　あの歌は　（1番）

恋人を「待つ」というモティーフには、先に見た第三連の、宗教的な意味で神を「待つ」ことの類比がある。10番において語り手が「新たな命が、死んだものを無効にする」キリスト再臨の日を待ちのぞむように、1番の語り手は「天上の日々」をもたらす恋人を一心に待ちのぞむ。この類比により、恋人と神とが読者の心の中で重なりあう（T1）——第二連で恋人への愛が神への愛の象徴となり得たときのように。

神と恋人は、（語り手が待ちのぞむ者）という点で似ているが、違いもある。永遠性とはかなさという違いだ。神の国はひとたび到来すれば永遠に続くのに対して、恋人との逢瀬は束の間である。この違いは、予表論の観点から次のように言い換えることができる。キリスト再臨はそれ以前に存在していた様々な「予表」の完全な「成就」であるのに対して、恋人との逢瀬はそのよ

うな「成就」とはなり得ない、または不完全な「成就」でしかない、と。たとえば、将来の愛の結実の予表として期待された「歌」——語り手が捧げた愛の歌——は、それが象徴すべき成就の時を見いだせず、語り手の記憶の中で宙づりにされてしまう。「どこに行ったの　あの歌は」という言葉は、それを感じとった語り手のとまどいであろう（T 4）。

同様の予表論の構造は、語り手が大切な予表を理解出来なかった自分を悔やむ2番にも見られる。

あなたと初めて会ったあの日、あの時、
　あの瞬間を思いだすことさえできたなら
　明るい日　それとも薄暗い日
思いだせたら　夏とも冬ともいえるのに。
記憶にのこらず　ただ過ぎ去っていった
　未来も現在も見えていなかった
　わたしの樹に芽吹いた蕾に気づかなかったから
五月をいくつも迎えても　花を咲かせない。
思いだすことさえできたなら
　あの素晴らしい日を——雪解けのように

愛の歌は成就の時を見いだせず
記憶の中で宙づりにされてしまう

跡形もなく消え去っていった
あの時は気づかなかった大切な意味といっしょに。
はじめて手と手が触れた時を、あの感触を、
思いだすことさえできたなら——ああ、思いだせたなら！　（2番）

ここには、「初めて会った日」という過去の愛の「時」が、「未来」に向けて成就されることのしるし（予表）だという考え方がある。[16] 語り手はその予表に気づかなかった。したがって、彼女の愛は「花を咲かせ」ることはない。予表は、類比と同様、読みとく者の成熟度にしたがい段階的に理解が進むとすれば、2番は世俗の愛の未熟さを示唆している。[17]

このように第一連を予表論の観点からみると、世俗的な愛の実りは望めないという暗示があらわれる。この暗示を裏づけるように、第四連は恋愛に対する諦念が支配的となる。恋人を他の女性（12番）あるいは神の手（13番）に委ねて自身は身を引こうとする諦念は、第二連で自らの愛を天上の愛の予表として前向きにとらえていた姿勢と対照的である。最終ソネット14番は世俗の愛の「沈黙」で結ばれる。

青春も美も去って　何が残るの
寂しく閉じこめられた憧れる心

愛し憧れる沈黙した心だけ。
青春と美が夏の朝を迎えたころに
歌をうたった　今は沈黙した心
もう二度とうたえない　しずかな愛、それだけ。
（14番　九–一四行）

「もう二度とうたえない」という最終行は、1番の「どこに行ったのあの歌は」という問いに呼応する。過去に恋人に贈った愛の歌はもう一度未来に歌われるときが来るだろうか——愛の予表はその成就の時をもつだろうか——という、ソネット連作の最初に提示された問いに対して、最後に待っていた答は「否」であった（T4）。

予表論における時間意識

「モンナ・インノミナータ」には、宗教的言説や聖書の引用が見られるだけでなく、宗教的予表論の世界観が浸透している。それはこのソネット集のなかで世俗的とみえる箇所にもおよぶ——俗世の愛に予表を見いだし、その予表の成就を願う予表論的構造が認められる。以上を考察したが、最後に世俗の愛に対する明と暗の対照が際だつ第二連と第四連について付言したい。

天国のイメージは心のなかの抽象的な観念か
具体的な時空間の概念か

前述のように、これらの連は、前者は恋人への愛と神への讃歌が結びつくのに対して、後者はその結びつきが切れて世俗の愛への諦念がみられるという違いがある。その違いは予表論という記号システムにおける時間意識の揺れと関わりがある。

予表論が独特の時間意識をもつことは、すでに述べた。しかし、時間的にある一点をめざすというその予表論の特性は、薄まりやすい。[18] わかりやすい例が「天国」のイメージである。

予表がめざす一点がキリスト再臨の日＝神の国の到来である場合、神の国とは同時に「天国」である。マイケル・ウィーラーによれば、ヴィクトリア時代には、天国のイメージが心のなかの抽象的な観念か、それとも具体的な時空間の概念か、という点について、揺らぎがあった。心のなかの観念であれば、時空間の意識は薄れ、天国は直感的なヴィジョンとなる。一方、時空間の概念であれば、天国の具体性について様々な問題が生じる。たとえば、神の国はいつ何年後にやってくるのかという疑問。さらに、天国は神を賛美する場なのか、それとも恋人や肉親と再会する場なのかという問題である――両者（神の賛美の場と、恋人との再会の場）は本来的に矛盾しており、両立できないとウィーラーは指摘する。[19] しかしその矛盾した概念が、ひとつのテクスト、ひとりの人物の中に共存することは珍しくなかった。

予表論における時間意識は薄まりやすく、その如何によって予表のさし示す（対型＝天国）のあり方も変容することを念頭に置きながら、前述の二つの連を考えてみる。第二連の予表論の型が主に「雅歌」の予表論と後ろ向きの予表論であったのに対して、第四連では、先行する第三連に現れていた予言的予表論の余韻を色濃く残している。「待ち望む」、「夜明け」という時間の概念を含む予言的予表論の方が、より時間意識が強いことは、論を待たない。それを裏づけるように14番では「青春も美も去った」と、時の経過がうたわれる。

とすれば、第二連では時間意識が一瞬薄まり、時間の概念を超えた直感的なヴィジョンとして神と恋人とを重ねあわせることができたのであろう。一方第四連は、強い時間意識がそうした世俗の愛と天上の愛との幸福な融合を拒む――予表論の時間意識を保ったまま愛の行く末を描けば、愛の成就として恋人との再会の場があるのか、それとも神への賛美の場があるのか、といった問題が生じることは避けられないからだ。その時詩の語り手は究極の選択肢の前で立ちすくむことになる。彼女はこの選択に直面するのを回避し、「沈黙」し、「もう二度とうたえない」と告げて詩を結ぶ――予表論の時間的構造が投げかけた限界の中に囚われの身となって。そして問は答のないままに残される。

問は答のないままに残される

3. 間接的に伝える——象徴と保留

クリスティナ・ロセッティの詩作の過程について、兄ウィリアム・マイケルは回想記の中で「何か着想が思い浮かんだとき、ごく自然に詩を書くという風であった」と述べた。(1) このような記述は、ロセッティは泉の水が湧き出るかのように、自分の感情を素直に表した詩人であるという印象を与えるものだった。(2) それに呼応して、彼女の詩には彼女自身が直接投影されていると考え、詩の内面世界と伝記的事実を結びつけて解釈する批評が、一九八〇年ごろまでは主流だった。(3)

しかし一九七九年に、レベッカ・クランプ（Rebecca Crump）の編集による、本文校訂を施された全詩集の出版がはじまり（全三巻の刊行は一九八六年に完結）、そうした解釈の傾向が修正されるようになった。ウィリアムの記述とは反対に、彼女が詩にかなり推敲を加えていたことがわかったのである。(4) それと並行して、ロセッティの詩そのものについて詳しい分析が進んだ。(5) そして、一見平易に見える詩の多くに多義的な表現や象徴が含まれることが指摘されるようになった。このことは、ロセッティが内面の感情の揺れや微妙な感覚を、外界の事物に投影させて描いたという直観的な印象を否定するものではない。[6] しかしそれらは、読者に直接訴えかけるというよりは、詩の中にとりいれた種々の「仕掛け」によって、間接的に伝えられるという側面がある。

本章では、このようなロセッティの間接的な伝え方に注目し、詩のなかにひそむ意味が少しずつ明らかにされる——意味が「保留」(Reserve) される——ありようを考察する。「保留」はすでに第一章で検討した、「類比」(オックスフォード運動の主導者のひとり、ジョン・キーブルの提唱した詩学) に関連する概念である。

この観点から以下、ロセッティによる三つの短詩を読む。「五月」("May") では、詩の話者の象徴と保留を考察し、「きっとどこかに」("Somewhere or Other") ではキーブルの詩学との関連に触れ、神の側の保留も含めて論じる。最後に「こだま」("Echo") では、詩作についての自己言及性について考察する。[7]

詩人の象徴と保留

象徴には、ほかの言葉で表現できるような明確な意味内容が込められている場合もある。しかし、ロセッティの象徴においては、表現と意味とを切りはなすのが難しい。何か表したい意味内容がはじめにあって、それに適するイメージを探すのではない。むしろ、はじめからイメージの中に身を置くとき、それらが日常の言葉では伝えられない意味や感情を映しだすようである。このような象徴の例として、「五月」という詩がある。

MAY.

I cannot tell you how it was;
But this I know: it came to pass
Upon a bright and breezy day
When May was young; ah pleasant May!
As yet the poppies were not born
Between the blades of tender corn;
The last eggs had not hatched as yet,
Nor any bird forgone its mate.

I cannot tell you what it was;

それはやさしい風の吹く
明るい五月のことだった

But this I know: it did but pass.
It passed away with sunny May,
With all sweet things it passed away,
And left me old, and cold, and grey.　　(Crump I: 51)

どんなだったか言えないの
わたしにわかるのはこれだけ　それはやさしい風の吹く
明るい五月のことだった
あどけない　ああなんて　きれいな五月
ひなげしは　柔らかな麦の葉のあいだで
まだ生まれていなかった
最後の卵がかえるまで
小鳥たちは　連れ合いのそばにいた
何であったか言えないの
わたしにわかるのはこれだけ　それは去っていった

晴れわたる五月を連れて
美しいものすべてを連れて　過ぎ去った
冷たく　わびしく　大人になったわたしを残して(8)

詩の言葉は平易であるが、詩の意味に大きな空白がある。読者には、話者が具体的に何を言いたいのか知らされない。話者の経験は代名詞 "it" で表されるだけで、その内容は語られない。話者自身にとっても、「どんなだったか言えない」という。「わたしにわかるのはこれだけ」と言ったとき、彼女は、イメージを用いて伝えることができると示唆する。語り手は自然の事物に投影された形で自分の経験を提示し、解釈は読者に任される。

このような「保留」の姿勢には、私たちをひきよせる効果がある。一行目で "it" が現われると、何のことかと疑問が起こる。次に、「それ」が起こった季節は五月だったことがわかる。美しい五月の描写がはじまると、次第に「それ」と五月とが重なりあう。五行から八行までの描写において特徴的なのは、すべてこれから起こることで、未然である（「まだ……していない」）。それゆえ、次の連でのクライマックスへの期待が高まるが、その期待は裏切られる。一連と二連のはじめの二行はパラレルになっているものの、一連に比べると二連は行数が三行短い。

一連二行めの "it came to pass" という詩句に一度だけ使われた単語 "pass" が、短い二連で繰りかえし三度登場する。一連の "it came to pass" は、聖書に登場する表現で、聖書では「……が起こった」と言う意味である。しかし、「……がやってきて、そして、去った」という意味に解することもできる。(9) このように "pass" の意味に揺れ（多義性）があるので、そのうちのひとつの意味である「去った」ことは、一連では可能性としてぼんやり予感されるにすぎない。しかし二連十行で、一連と同じ位置にある平行的な表現の "it came to pass" においてはっきり「去った」という意味があらわれるため、その予感が確実なものとなる。しかも、十一、十二行では "it passed away" の語句が倒置されて繰りかえされるため、「それ」が「去った」ことが、打ち寄せる波のような効果で強く印象づけられる。

このように、たった三行で「去ってしまった」と語られ、突然詩が終わるために、一連で高まった期待はかなえられない。五月の描写はあっさり終わり、「それ」が何であったのかもわからないまま、読者は、なにか取り残されたような空虚感を味わう。

しかし、この空虚感こそがこの詩の要であろう。読者は、"it" の内容に一瞬触れるものの、結局は語り手がとり残されて「冷たく、わびしく」なったとまさに同じ思いを味わう。こうして読者は、詩の語り手と共感の絆で結ばれる。

神と詩人の保留

ここでキーブルのいう意味の「保留」について、あらためて確認したい。「保留」はもともと神学上の概念で、神が自然の事物を象徴としてそこに込めた意味を、地上の人間に対してすぐに示さないことである。神は各々の人間の成熟につれて、神の真理を少しずつ明らかにするという。それは教会と信仰の尊厳を世俗化の流れから守ろうとしたオックスフォード運動の根底にあった考えであり、神の真理の神秘性を高めるのに与った。

キーブルはこの概念を詩学に応用する。彼によれば、自然は神のうたう詩であり、神はそれを通じて、自身の感情を間接的に人間に伝える。であるから、神と同様に詩人も、象徴をもちいて間接的に伝えることがのぞまれる。少しずつ明らかにするという保留の概念は、神と詩人の両方に適用されるのである。キーブルは象徴と保留によって詩と宗教を、詩人と神を、ひとつに結びつけた。

次に引用するのは、神と詩人の保留を同時に描いた「きっとどこかに」である。

SOMEWHERE OR OTHER.

Somewhere or other there must surely be
    The face not seen, the voice not heard,
The heart that not yet—never yet—ah me!

Made answer to my word.

Somewhere or other, may be near or far;
　Past land and sea, clean out of sight;
Beyond the wandering moon, beyond the star
　That tracks her night by night.

Somewhere or other, may be far or near;
　With just a wall, a hedge, between;
With just the last leaves of the dying year
　Fallen on a turf grown green.　(Crump I: 161)

きっとどこかに
　まだ見ない顔　まだ聞かない声
まだいちども　わたしの言葉に答えていない
　心があるに違いない

きっとどこかに　近くにか遠くにか
海や野を越え見えない果てに
さまよう月のむこうに
　夜毎にあと追う星のむこうに

きっとどこかに　遠くにか近くにか
壁や垣根のすぐそばに
緑の草に舞いおりた
　去りゆく年の　最後の木の葉のすぐそばに
（翻訳は筆者による）

けっして実体に触れることができないものへの憧れが、シンプルな言葉で語られる。一連二―四行において、同一構文が三度繰りかえされるが、三度めは、感嘆詞の挿入や関係節などの変化がおこり、感嘆詞 "ah me!" とともに、話者の感情の高まりを伝える。二連から、話者の目は自然の事物に向けられる。広がりある自然をとらえた後、三連ではより身近な対象に視点が移る。話者はただ自然を観察するだけではない。月や星の「むこう」にあるものを、半透明のヴェールを透かすように、さがし求める。二連 "beyond" および三連 "with" の繰り返しや、三連二行の、ふたつのコンマにより生じる、詩の速度を緩める休止は、壁や垣根のそばに誰かいないかと、振りむいたり目をとめたりする様子を演じている。このような身振りは、詩の語り手が、自然に神が与えた象徴の意味を読みとろうとする様子を、真実味をもって伝える。

身近な対象を見つめるとき、探し求めるものはすぐそこにあるかもしれないという希望の光がさす。三連の最終二行は、二重母音や長母音が多い副詞句であるために、芝草の上にゆっくり舞い落ちる葉の動きを、語り手の瞳が追う様子を映す。韻律からみると、強音節が二ヵ所で連続し（"last leaves", "dying year"）、これまでの規則的な弱強格に変化をもたらす。この不規則性が、見つめる語り手の心が期待感で波立つ様子を表す。「去りゆく年の最後の木の葉」という言葉から、季節は初冬であることがわかる。季節の死を暗示する落葉の終着点は緑の草である。この緑は、現実の向こうにほの見えた彼岸の世界——死後の宗教的な意味での新生——を示唆するのかもしれない。

話者の自然に対する態度には、神的なものを見つめようとするまなざしがある。それは自分の知らないもの、実体のないものであり、かろうじて一瞬の、予感のようなヴィジョンをとらえることしかできない。

この状態は、第一章で述べたキーブルの保留の概念に、必然的に含まれている蓋然性（Probability）の原理を思い起こさせる。自然の背後に神を見ようとする人間が、象徴の意味を完全に理解することはない。地上に生きる、原罪を負う人間は、確信をもつには値しない。「もしかしたらこうかもしれない」と微かに感じることだけが許される最高の認識である。「きっとどこかに」の語り手は、この意味で、ただ蓋然性によって希望をつなぎとめる、という状態におかれている。

語らいのある沈黙

「きっとどこかに」で一瞬ほの見えたヴィジョンは、生と死のイメージが交錯するときにやってきた。「こだま」にもそのような瞬間がある。

ECHO.

Come to me in the silence of the night;
　Come in the speaking silence of a dream;
Come with soft rounded cheeks and eyes as bright
　As sunlight on a stream;
　　Come back in tears,
O memory, hope, love of finished years.

Oh dream how sweet, too sweet, too bitter sweet,
　Whose wakening should have been in Paradise,
Where souls brimfull of love abide and meet;
　Where thirsting longing eyes
　　Watch the slow door
That opening, letting in, lets out no more.

Yet come to me in dreams, that I may live
　My very life again tho' cold in death:
Come back to me in dreams, that I may give
　Pulse for pulse, breath for breath:
　　Speak low, lean low,
As long ago, my love, how long ago.　(Crump I: 46)

夜のしじまに来ておくれ
　語りくる夢のしじまに来ておくれ

ふっくらとした丸い頬　小川にきらめく
　光のように　明るい瞳のひとよ
　　涙にぬれて来ておくれ
帰らぬ日々の憶《おも》い出よ　希望　愛よ

ああ　夢よ　つらくなるほどに　なんてきれいで美しい
　目覚めたら天国であればいいものを
愛にあふれた魂が行き交い出会うところ
　満たされずあこがれ続ける瞳が
　　ゆっくりひらき　閉まる扉を見つめる
入るばかりで出るひとのない扉を

それでもどうか来ておくれ　夢のなかで　わたしが死んで
　冷たくても　ふたたび生きられるように
帰っておくれ　夢のなかで　鼓動と鼓動　息と息
　ふたたび交わすことができるように
　　そっとささやいて　わたしに寄り添ってくださいな

はるかに遠い
とおい昔のあの日のように

愛しい人　はるかに遠い　とおい昔のあの日のように[10]

この詩は、一読したところ、恋人を失った語り手が、夢の中での再会への願いをうたっているようである。しかし詳しく見ていくと様々な謎がある。恋人の描写は三十四行のうち二行しかない。しかも、その姿は幼い少女か少年のようだ（「ふっくらとした丸い頬」）。語り手自身の昔の姿、あるいは愛が擬人化されたものともとれるし、語り手が失った友人、姉妹、あるいは幼い娘／息子に語りかけている可能性もある。また、この詩に描かれる「夢」は、字義通りの夜の眠りにとどまらない含意をもつ。というのも、ここには死のイメージがある（「わたしが死んで冷たくても」）。語り手は死んでいるのだろうか。また、二行には“speaking silence”（語りくるしじま）という謎めいた撞着語法がある。[11]

「語りくるしじま」とは何だろうか。この詩を支配する調子は沈黙である。はじめの二行で“silence”が、「夜」や「夢」という語とともに、二度繰りかえされる。六–九行の天国の描写においては、霊や天国の門のゆっくりした動き、十六行では心臓の鼓動がゆっくり波打つようなリズムによって、静粛さが表現される。それでは、“speaking”は何を示すのだろうか。通常それは、音声、言葉による意味の伝達のことである。沈黙の支配する場で「語ること」はどのようなものか。

詩の語り手が「語りあいたい」のは、表面上の意味では昔の「恋人」であろう。ところがその恋人には実在感が希薄である。二―四行では、"dream"と"stream"が[iː]音を含んで押韻し、意味が重なりあう。「夢」という「小川」の水面にきらめく日の光は、夢から覚めれば消えてしまう束の間の美しさだ。そのような瞳をもつ幼い愛の姿は、儚い幻である。こうした愛に対して「語りあう」というとき、現実の人間に対するように音声をもつ言葉とは異なる伝達の仕方が必要になるだろう。「死んで冷たい」話者の眠りにあらわれる幼い愛は、「きっとどこかに」における緑の草と同様に、死と生が重なる恍惚の瞬間とも捉えられる。恍惚の境地においては、日常的な言葉で伝えるというよりはむしろ、魂と魂が直に触れ合うような仕方で伝達がなされるほかはない。そのため、語り手は言葉を交えるというよりも「鼓動と鼓動、息と息、交えることができるように」帰ってきてほしい、と訴えるのだ。

言葉によらない交感は神秘的な体験に近づく。神秘的な体験は、直観的な深い経験かもしれないが、日常的な意味という観点からみれば、大きな空白がある。それは、詩の背後の意味を説明せず保留のままにしておくロセッティの詩の特質をも暗示する。「こだま」は、十七回の長母音[iː]の繰り返しが、あたり一面に静かに「こだま」する呪文のように、私たち読者を現実世界から夢の世界に導く。夢の中の「語りくるしじま」は、この詩の背後にある「沈黙」＝「保留」された意味と重なり、作者の詩の世界そのものとなる。

むすび

ロセッティの象徴と保留の詩において、詩の隠された意味は神秘的な体験を与えてくれるかもしれない。しかしそれは同時に大きな謎のままである。(12) この謎は、私たちを彼女の詩から遠ざけると同時に、近づけてもくれる。象徴と保留によって秘密にされているものは、詩人自身にも直接的な言葉では表現できない感情や感覚なのだろう。それらを、詩人が自然の事物や詩の設定の中に投影させていくことにより、読者もそれらのイメージを通して詩人と共感し、「感じる」ことができる。象徴と保留の詩人として、クリスティナ・ロセッティは、表面下の意味を空白のままに残すことによって、むしろそれゆえに私たちに多くを伝える。

4.「眠りの森」と「王子の旅」――ふたつの時と多重の声

十九世紀イギリス文芸におとぎ話が浸透していることを論じたモリー・クラーク・ヒラードは、「眠りの森の美女」（以下「眠りの森」）の系譜をロマン派詩人キーツ、ヴィクトリア朝詩人テニスン、ラファエロ前派の画家バーン＝ジョーンズの作品に見出した。[1] 彼女によると、おとぎ話は児童文学だけでなく大人の文学の源泉となっていた。[2] 本章はヒラードの論じた系譜にロセッティの物語詩「王子の旅」（"The Prince's Progress" 1866）を加え、その寓意を探る試みである。

当時の「眠りの森」関連作品に顕著にみられるのは、時間意識であった。姫の眠りは、しばしば時間の停滞や時にとらわれた状態とされる。姫の「時」は、未来から過去、現在へと巡りくる円環的な時であるという。それは受動的な印象も与えるが、季節の循環や生命の営みと結びつく力強い「女性の時間」[3] ととらえることもできる。一方王子の冒険は、「進歩」や、停滞を打ち破る力であり、過去・現在・未来へと進む直線的な時である。ふたつの時を象徴する「眠り」と

姫の「時」は未来から過去、現在へと巡りくる円環的な時

「目覚め」は常にせめぎあっていた。その背景には、科学技術の発展と産業革命を経て、市民社会が勃興した時代における進歩指向と、進歩への抵抗という意識があったのだろう。抵抗にはロマン派的な過去への郷愁も同居していたかもしれない。

「王子の旅」においてもまた、眠りと目覚めのせめぎあいがみられる。それは語りの仕組みや多重の声を通して表れ、やがて物語は、物語を語る／詩人であることについて自己言及してゆく。語りの要を担うのは主人公の姫と王子、そしてふたつの時を自在に操る妖精たちである。「王子の旅」は「眠りの森」という素材を通して、究極的に「詩人とは何か」という問を投げかける。

以下、まず「眠りの森」のヴィクトリア時代における受容と解釈の可能性について触れた後、「王子の旅」を「眠りと目覚め」、「語りと多重の声」というふたつの小題のもとに読み解くことにする。

「眠りの森」の受容と解釈

十九世紀に「眠りの森」が浸透したきっかけは、ペローとグリムの童話集だった。(4) ペロー版「眠りの森」は一七二九年に、グリム版（タイトルは「いばら姫」）は一八二三年に、英語訳が出版されている。(5) ロセッティの時代には、これらの語り直しが種々の詞華集や「チャップブック」

（安価な小冊子）に掲載され、クリスマスのパントマイム劇として上演されていた。[6] ここではペローとグリムに共通するあらすじを抽出する。

> 昔ある国の王と妃に待望の子どもが誕生した。祝宴には国中の妖精たちも招かれた。妖精たちはこの世で望ましい美や徳を姫への贈り物にした。しかしあとから、ひとり招かれなかったことを怨む妖精がやってきて、仕返しに「姫はいずれ糸紡ぎの針に刺されて死ぬ」という呪いをかける。まだ贈り物をしていなかった別の妖精がその呪いを弱め、「死ぬのではなく百年眠るだけ」と魔法をかけた。呪いを心配した王は、糸を紡いではならぬとのお触れを出す。美しく成長した姫は十五歳になり、両親の留守中に城内を探検、小さな塔の最上階で糸を紡ぐ老女と出会う。姫が好奇心から老女の使う道具を手にとると、呪いがふりかかり、姫も城の人々もすべて眠りについた。城は茨に覆われて深く閉ざされ、美しい眠り姫の話は伝説として伝えられた。やがて冒険心に富む王子がやってきて、自らの運命を試そうと、危険を顧みず茨の中に足を踏みいれた。彼は花咲く薔薇の茂みを通り抜けて城に入り、奥まった部屋に眠る姫を見つけた。ちょうどそのとき百年の年月がたち、姫は眠りから目覚める。それとともに、城中の人々がみな目をさますのだった。王子と姫は結婚し末永く幸せに暮らした。

ペローとグリムには、タイトルのほかに次のような相違点がある。ペローには、王子と眠り姫の

眠りは夢をはぐくみ過去を旅する想像力や
女性の時間を象徴する

間に生まれた子供たちが、王子の母親である人食い鬼に食われそうになり、危うく難を逃れるという後日談があるが、グリムではこの後日談がそっくり消えている。(7) またペローでは、姫が眠りについた後、妖精が城のすべてに眠りの魔法をかけるが、グリムでは、姫の眠りと共に城が自動的に眠りにつく。さらにペローでは、王子が傍らに跪いたときに姫が目覚めるのに対し、グリムでは王子のキスで目覚める。これらの相違から、十九世紀には眠りが姫から外の世界へ伝染するという含意が生まれ、また、姫の魔法をとくための王子の役割が強調されたと言える。「眠りの森」が、社会に蔓延しがちな(と危惧された)「休眠状態」を進歩の精神が打破する、というパターンの寓話として、いっそうふさわしいものになった。

だが「眠りの森」の寓意はそればかりではない。(8) 眠りは夢をはぐくみ過去を旅するロマン派的な想像力や、自然の営みと結びつく女性の時間を象徴する。また、妖精の役割には人間の憧れ、怖れ、破壊への衝動、それを乗り越える力が映し出される。(9) 妖精から姫への贈り物は、あらゆる美や徳を得たいという人間の憧れを描く。悪い妖精からの死の呪い(死の贈与)は、美を破壊することへの怖れと衝動を暗示する。それは、少女の成長を阻む暗い欲望も含みうる。「死」を「眠り」へ和らげた妖精の魔法は、暗闇から目覚めへ導く力かもしれない。眠り姫は目覚めたとき、人間の世界に引き戻されて大人になり、結婚する(ペロー童話では子供も産む)。春の花が休眠状態を経て目覚めるように、眠りは困難を越えて成熟するための重要な時間と解することもできる。このように、眠りは、否定的な含意だけをもつわけではない。では「王子の旅」の眠りと目覚めは何を私たちに語るのだろうか。

眠りと目覚め――ふたつの時

「王子の旅」は枠物語の形式をとる。(10) 外枠物語（詩の導入部と終焉部）は、姫と彼女に仕える侍女たちの世界を描く。そこに挿入される内枠物語は、姫が待つ間に旅をする王子の世界を描く。外枠物語は、眠りに支配された、円環的な「時」である。姫はそこでただ王子を待ち続ける。

甘い樹液と蜜が流れて
いちばんきれいな花の咲く日はいつのこと
長いながい時が過ぎ　訪れては去り
　花嫁は眠り　目覚め　また眠りにつく
なかなか来ないひとを待ちつづけて――
　ほら、聞こえる！　花嫁の泣く声が。(11)　（一―六行）

一方内枠物語における王子の旅の目的は、花嫁の獲得だ。彼は探求物語（ロマンス）の主人公として勇敢に、直線的に進まねばならない。一刻も早く姫の元に到達し、彼女を目覚めさせることが期待される。だがロセッティの描く王子は、困難に遭うたびに魔法的な夢の世界に引きこまれ、停滞を余儀なくされる。彼は直線的な時と円環的な時をたえず行き来する。

彼の行く手を阻むのは登場順に「乳しぼりの乙女」、「錬金術師」、「洪水から王子を救う者たち」の三者である。乳しぼりの乙女は、旅の途上で喉が乾いた王子に牛乳を差しだす。彼女は、王子が報酬として提案する金や異国の装飾品の受けとりを拒み、代わりに自分と一日を過ごすよう求める。乙女と過ごす時間は王子にとって夢のように心地よい。しかしその夢は「悪夢」(六八)だと語り手は示唆する。

王子は直線的な時と円環的な時をたえず行き来する

「泣いているより夢見ておいでなさい」
「王子の旅」より(筆者作画)

王子は林檎の樹の下に長々と横たわり
乙女と笑みを交わし　語らった
乙女の巻き髪はたくみに編まれ
　蛇のようにうねり輝いた
精妙にからめとる技で
　夜も昼も　彼を繋ぎとめて　（九一―九六）

「林檎の樹」や「蛇」は、聖書のアダムとイヴの原罪を思い起こさせる。イヴはサタンの化身ともされる蛇に誘惑されて禁断の木の実を食べ、アダムにも勧めた。王子と過ごす乙女の蛇のような髪には、見る者を石に変えてしまうメデューサ（ギリシャ神話）のイメージも重なる。彼女は悪魔の手先なのだろうか。「王子の旅」は原題（"The Prince's Progress"）が示すように、「眠りの森」のほかに、キリスト教的寓意物語であるジョン・バニヤン作『天路歴程』（*The Pilgrim's Progress*）にも言及している。『天路歴程』の主人公クリスチャンが、天の都に至る旅の途上で様々な苦難に遭い判断を迫られてゆくように、王子もまた、彼を誘惑するものの意味を理解できるかどうかを試される。そして彼は正しく理解できず、それゆえ正しく行動できない（誘惑に抗えない）。

王子が乙女との夢の世界にひたっていると、雲雀や謎の歌声が天上から鳴りひびき、目覚めるように促す。歩みを再開した王子を待ちうける次の障害は、無限に広がる荒野と洞窟に暮らす錬

王子は死者からの贈与である
霊薬を持ち去る

金術師だ。死が支配する地で唯一見えた光をたどってゆくと、煤まみれの老人が「不老不死の霊薬」を調合している。彼は百年もの長きにわたり火をおこし、煮えたぎる鍋を世話してきた。鍋は泡立ち鎮まることを繰り返す。老人は王子が手伝うことを条件に宿を提供し、霊薬の贈与を約束する。この交換条件に同意することで、王子自身が錬金術師の住む世界、出口の見えない円環的な時に囚われてゆく。再びキリスト教的な見地からみれば、この交換はキリスト以外の存在から永遠の命を獲得しようとする点で、悪魔的な取引といえる。

やがて老人は百年目の時を迎えてぽっくりと息絶え、同時に霊薬が完成する（と王子は理解する）。彼の死は、「眠りの森」における百年の眠りからの目覚めへの、反転した言及（百年の眠りからの死）であるため、原作のおとぎ話とは異なる不吉な結末が予測される。しかし王子はこれで永遠の命が与えられたと信じ、死者からの贈与である霊薬を持ち去る。ここに、詩の読者が理解していることを詩の登場人物が理解しない、という劇的アイロニーがある。

王子が遭遇する最後の困難は洪水である。洞窟を後に美しい野へと旅は続く。社交好きの王子は、旅の楽しさを分かちあう道連れがいないことに倦怠を覚える。するといつしか増水していた川に呑み込まれ、溺れそうになる。死の瀬戸際で彼を救ったのは、ある優しい家族だった。なかでも「月のような顔」をした娘は、「ここにいれば安全よ」とささやき、若い王子の官能を刺激する（三四三–四八）。月は満ち欠けを繰り返す円環的な時を示唆する。彼はその魅力に抗うことができず、「時を数えることもなく」長居をする（三六二）。やがてみたびの天からの「嘆きと叱責の声」(三七六)にうながされ、重い腰を上げて旅を再開するのだった。

語り手は王子が過ごす安寧の日々を、審判の日のイメージとともに、「叱責の声が……トランペットのように鳴り響く」(三七六―七七)と否定的に描く。この場面が言及する聖書においては、五人の賢い娘がともし火を手に夜通し目覚めて、花婿(救世主)を迎え入れる様子が描かれるのだが(「マタイによる福音書」二十五章一―十三節)、「王子の旅」においては、王子の到着が遅れているため、彼を待つ姫の命は「かすか」(三七九)な、風前のともし火なのだ。

語りと多重の声――妖精の魔法

こうして王子は、円環的な時に引きこまれては叱咤されて進む、という眠りと目覚めのパターンを繰り返し、やっと姫の元に到着する。しかし(読者には予想されたことだが)時すでに遅く、姫は待ち疲れ、年老いて死んでいた。姫の苦しみを分かちあってきた侍女たちが王子への恨みに満ちた長い挽歌を歌い、詩は終わる。

さて、ここまで論じたところで、「眠りの森」の重要キャラクターのいくつかが「王子の旅」に見られないことに気がつく。姫の両親である王と王妃は登場せず、親子関係は描かれない。姫が大人への入り口で、好奇心から話しかける糸紡ぎの老女も登場しない。姫は物語冒頭からすでに、彼らを必要としない程に成熟しているからだろう(姫の大人らしい落ち着きは挽歌に描かれている)。では「眠りの森」の妖精たち、とくに姫に死の呪いをかける妖精や、死を眠りに変える妖精はどうか。「王子の旅」では姿を変えて妖精が活躍する。姫の侍女たちである。彼女たちは姫を眠らせ、いつの間にか時空を越えて、天空から声を発し、王子を目覚めさせる。さらに「王子の旅」の語りの仕掛けにも、侍女/妖精たちが深くかかわっている。語りの構造を詳しく見てみよう。

「王子の旅」の外枠物語は、現在形の時制で姫の日常を語る。その語り手は一見全能の三人称語り手に見えるが、次の引用のようにト書きの一部が丸括弧( )内に記されているため、語り手の背後に物語を夢見て(想像して)いる真の作者がいて、丸括弧内はその者のつぶやきではないか、との疑いが生じる。

「なんども夏と冬を越え　いつまで待てばいいのでしょう?」――
「頼もしい王子さまがきっといらっしゃいます　それまでのご辛抱」
(姫の侍女たちが言う)「山も河も乗り越えての　つらい旅ですもの
　眠って夢を見ておいでになるのが一番
お眠りなさいませ」(彼女たちは言う)「鐘の音も聞こえぬよう
　塞ぎましたわ　泣いているより夢見ておいでなさい」　(七−一二)

のちに王子が姫のもとに到着した時、彼は「夢の中だけで見ていた……蛋白石《オパール》の城」（四三〇－三二）にやっと到達した、と述べる。そのため外枠物語は、実は王子の夢の世界であった、という含意が生まれる。そうであれば、外枠物語の真の作者は王子なのだ。

一方内枠物語は、過去形の時制で王子の旅を描く。この物語は、姫が眠りにつくと同時に始まるため、姫の夢である可能性がある（内枠物語にも丸括弧内の独白があり、姫の内心の声とも受けとれる）。この場合、内枠物語の真の作者は姫となる。王子が自身の夢で語る姫は、眠り続ける円環的な世界に住む。一方姫が自身の夢で語る王子は、円環的な時に引きこまれつつも、直線的な時を過ごすよう促される。姫と王子は互いの分身、別の世界に生きるもうひとりの自分であり、自分の憧れを映しているのだろう――王子は自身の義務よりも円環的な時を生きたいという憧れを、姫は円環的な時に住む自分を解放させたいという憧れを。

妖精の話に戻ろう。前述のように、王子の物語には多くの謎の声が登場する。王子がくつろいでいる冒頭場面では、「花嫁が待っているというのに、若者よ、いったいいつ出発するというの？」（一六）と謎の声が語りかけ、花嫁が生きるも死ぬも彼次第であると訴える。続いて「百もの悲しげな声」と「百もの楽しげな声」が風に漂う。悲しげな声は旅の遅れを心配し、楽しげな声は「この日を楽しめ」（カルペ・ディエム）と歌う。乳しぼりの乙女とともに過ごす王子に、朝早く「目覚めよ、起きよ／新しい朝に／高い目的に向かって進め」（一〇九－一五）と、雲雀が澄んだ声で歌う。これらはすべて、姫の様子を知り尽くしていることから、姫を傍らで見守る侍女たちが、時空を超えて天から呼びかける声であると理解される。姫を眠らせ、王子を目覚めさせる、妖精たちの声なのだ。

それだけではない。侍女／妖精たちは次第に、姫と王子の物語の語りに侵食し、ふたりの物語を奪ってゆく。内枠物語において、王子が円環的な時に引きこまれる度合いが強まるにつれて、過去形で語られてきた物語に少しずつ現在形が混在するようになる。現在形は彼の憧れる円環的な時を表すサインである。

「こっちよ——こっちへおいでなさい。岸はここよ！」

王子は溺れかけても片手でしっかり薬瓶を握りしめた（訳者註・過去形）

投げだされた綱をつかんで——放して——またつかむ（現在形）

砂地に足が届いては滑る（現在形）——

助かるのか？——望みはあるのか？

……

優しい手と手がかいがいしく　彼の服をゆるめて

優しい声と声がそっとささやく。（現在形）　（三二〇-二四、三一-三二）

王子が洪水から救われると、物語作者の内面の声が、再び丸括弧つきで語りに差しはさまれる。

しかしそこに私たちの期待する作者（姫）の声はなく、代わりに声を発するのは、これまで天から王子に呼びかけていた侍女／妖精たちである。

（花嫁よ！　花婿はいつまでもぐずぐずしているわ。
　こんなに若くてきれいなあなたが待っているのに。）　（三二九－三〇）

これまで妖精たちの言葉は引用符 “……” 内にほぼ限定されていた（翻訳では鍵括弧「……」内）。だがついに彼女たちは丸括弧内にまで入り込み、そこにあるはずの姫の内心の声を追いやり、姫の語る物語をのっとり始める。妖精たちは姫に語りかけ、さらなる眠りの魔法をかけるが、それはいまや、優しくも残酷な死の魔法である。

（たくさんの笑顔があふれる　ひとり哀しむ人に想いを寄せることもなく――
だからお眠りなさい、花嫁よ）　（三三五－三六）

時制は現在形が優勢となり、過去形の内枠物語は最終的に、現在形の外枠物語に吸収統合されてゆく。それと同時に内枠物語の主人公である王子は城に到着し、自らが夢見てきた外枠物語の世界に足を踏み入れる。

詩は妖精たちの高らかな歌声で
大団円を迎える

では、この統合された物語の作者は誰なのか。現在時制の外枠物語はもともと王子が作者だったとすれば、統合物語もやはり王子が作者なのだろうか。しかし、彼はいま、自分が紡ぐ物語の主人公（姫）を死という形で失った。その姫は、王子を主人公として物語を紡いでいたので、姫の死によって王子は自分の作者を失った。王子は究極の目的である花嫁を失ったのだから、直線的な時を生きるロマンス（探求物語）の主人公としても失格である。彼が憧れていた円環的な時も「一点に収束して」（三六四）ゆき詰まった。ふたつの時のどちらを生きることにも失敗し、描く未来も描かれる未来もない。そのような王子が、これ以上物語を語ることはできない。

今物語を語れるのは、姫の物語を奪った侍女／妖精たちである。詩は彼女たちの高らかな歌声で大団円を迎える。妖精たちは姫が死んでも一向に悲しくないとうたう。姫の死は彼女たちにとって再生のあかしだからだ。妖精たちが姫の頭にかぶせる冠は勝利と栄光のシンボルであり、葬式の王冠としては死と同時に、永遠の命や不死をも表す。[12]

姫さまがお亡くなりになった今　今日という日に
　泣いてどうなるというのです？
わたしたちは姫さまを愛しているから　泣いたりせず
　その高貴な御髪に冠をのせます。
（五三三―三六）

打ちひしがれる王子に対し誇らしげに歌われる挽歌は、妖精たちの勝利の歌であり、姫の死は彼女たちが受けとる報奨である。しかし、妖精たちはいったい何が目的で、何に勝利したのだろうか。彼女たちは、円環的な時の中に姫を閉じ込めながら、他方では円環的な世界に引き込まれそうな王子を叱咤して進ませた。到着の遅れた王子を非難するが、その実自分たちこそが、姫を眠らせ続けることで、彼女を死に至らしめたのではないか。

妖精たちの究極的な意図はわからない。彼女たちの様々な声は単に矛盾しているように響く。しかしそれは、ミハイル・バフチンの言葉を借りるなら、物語作者（姫と王子）の内なる「多重の声」ではないだろうか。バフチンは、ドストエフスキーの創作における主人公と作者の関係を考察した際に、このように述べた。

芸術世界のモノローグ的な単一性を解体する［作品においては］……自意識としての主人公が単に描写され、作者と混じり合って作者の声の代弁者となっているのではなく、実際に形象化されていなくてはならない……作品自体の中に主人公と作者の距離が示されていなければならないのだ。(13)

「王子の旅」における姫と王子も、それぞれ自分の物語の中で、作者である自分と主人公との距離を示している。姫と王子は自らの憧れを描くが、憧れと実際の自分とは分断されている。分断

妖精による多重の声が矛盾を
はらんだまま物語の語りを支配する

は妖精による多重の声として表現され、その声が最終的に、矛盾をはらんだまま、物語の語りを支配する。妖精たちの最後の歌は、途方に暮れる読者に対して、分断を、バフチンの言う「ポリフォニー的芸術思考」[14]の勝利を、うたい上げる。

　無数の類話をもつおとぎ話の世界には、作者はひとりであるとか、物語はひとつの結末しかない、という神話はない。それと同じように、ロセッティにも、作者は統合された人格としてモノローグ的な物語を描くとは限らない、という意識が芽生えていたのかもしれない。読者は「王子の旅」の最後に、そのようなポリフォニーの物語を受けとめることができるか、という課題を与えられる。[15]

第二部　死の贈与と再生——レティシア・ランドン（L.E.L.）とロセッティ

5. 交換と死――ランドンのロマンス、「金いろの菫」

ロマンスにおける交換

愛の歌、戦いの歌をうたう
吟遊詩人たちを広く招いて、
歌の勝者に与えよう　この花を、
菫の栄冠を。

（「金いろの菫」“The Golden Violet”　一八頁）(1)

ロマン派の時代にロマンス（中世騎士道物語）が文芸のジャンルとして復興をみせ、人気を博した。レティシア・ランドン（L.E.L）は、ウォルター・スコット、バイロン、フェリシア・ヘマンズらとともにその復興の一翼を担った、ロマン派後期の女性詩人だった。ランドンの詩には

求めるものは犠牲を払うことによって
はじめて得られる

ロマンスのモティーフが散りばめられている。冒険、探求の主題、理想的な騎士、囚われの美女、魔法や妖精の出現、南仏プロヴァンス地方に生まれた宮廷風恋愛と吟遊詩人等のモティーフだ。(2)

ロマンスの探求は「交換」を目的とし、絶えざる「交換」のうちに進んでゆく。探求には危険な戦いや苦しい旅などの試練が必要だ。ときには傷を負い死の恐怖に直面することもある。それでも主人公はくじけない。求めるものは、犠牲を払うこと——何かの代償との「交換」——によってはじめて得られるからだ。探求の過程でも、主人公は贈り物や報酬などの様々な「交換」を経験する。魔法の指輪を贈られた騎士は、不思議な力に守られて戦いに勝利し、贈り主に恩返しをする。妖精の国に連れ去られた妻を取り戻す旅に出た主人公は、妖精王の前で竪琴を巧みに弾き、褒美として妻を返還される。勇敢に戦った騎士には武勲の褒賞として黄金が与えられる。(3) ロマンスにおける交換の例は数限りない。

ランドンの詩集『金いろの菫——ロマンスと騎士道の物語、およびその他の詩』の表題詩もまた、こうした「交換」に満ちている。タイトルの「金いろの菫」は、最高の吟遊詩人に授与される栄冠である。詩人は優れた作品を聴衆に贈り、それと交換に栄誉と富を手に入れる。美しい伯爵夫人が、失われつつある吟遊詩人（トゥルバドゥール）の伝統を復活させるために詩のコンクールを開催する、というのが詩の設定である。(4) 十二人の詩人が二日間にわたり愛と冒険に満ちた歌物語《ロマンス》の数々をはなやかに披露する。交換は、これらの劇中歌においても様々なかたちで現れる。騎士や勇敢な女性は探求の旅に出かけ、知恵と勇気の限りを尽くす。その目的は、あらゆる犠牲を払ってでも（犠牲と交換に）特別な「何か」を獲得することだ。旅の途上で魔法の指輪、髪の毛、金銀などが贈与され、それらはときに金品と、ときに愛情や忠節心などの目に見えない価値と交換される。[5] これらの交換のあり方はクライマックスに向けて、詩人の栄冠である「金いろの菫」に重層的な意味をまとわせてゆく。

みごと「金いろの菫」を獲得するのは、十二人のうち誰なのだろうか。「交換」の象徴ともいえるその栄冠は、詩人にとってどんな意義があるのだろうか。本章では、おもに社会人類学や経済学の分野で注目されてきた概念である「贈与交換」[6]が、ランドンのロマンスの世界においても重要な要素であることに注目する。そしてそこにおける「交換」のありかたを考察しながら、金いろの菫のゆくえを追ってゆく。

交換と死――死の衝動

交換には、多かれ少なかれ何らかの喪失や死がともなう。中沢新一は交換と贈与をめぐる思考のなかで、経済活動を例にとりながら、「（交換における）消費とは破壊の別名」にほかならないと述べる。彼によれば人類はながらく、狩猟や生産で獲得した富を「宗教的な祭儀や壮大な建築などに投入して、一気に、そして豪勢に消費してしまう機会をつくりだそうとしていた」。[7] このような破壊の極端な例を、贈与の原初的形態として知られる北米大陸先住民の「ポトラッチ」に見ることができる。「ポトラッチでは長い間貯めてきた富を、贈り物の形で一気に消費し尽くそうと」するばかりか、貴重な宝物を「衆人環視のもとに叩き壊したり、海に投げ入れ」たりする。(8) さらに劇的な例は宗教的祭儀における人身御供である。神の恩恵に対する感謝のしるしとして、人が人を神への贈り物としてさしだすとき、破壊の先には死が待っている。このような破壊は、私たちの消費生活においても日々小さな規模で起こる、と中沢は指摘する。お金を財布から出して店員に渡すたびに、私たちは「自分の力の一部を失って」ゆく。しかし喪失と交換に商品を手にしたとき、新しい価値がそこに生まれてくる喜びを感じる。消費の快感の底には、破壊や死の衝動に裏打ちされた無意識の働きがひそんでいるという。(9)

ランドンのロマンス「金いろの菫」は、交換にともなうこうした破壊や死を繰り返し描く。(10) たとえば第二歌「鷹」を見てみよう。(11) 歌い手であるノルマン人の騎士は、親友を失った戦いの思い出を語りはじめる。腕の負傷のために参戦できず、露営地で吉報を待つ彼のもとに、親友が大事にしていた鷹が舞い戻った。血で汚れた鷹は、親友の戦死を告げるためにやってきたのだ。

鷹は翼を広げた。
その瞳は願いと祈りを込めて
私に何かを訴えていた。　（四四）

騎士は自分が重い負債を負ったことを知る。彼の分まで戦った友が死という犠牲を払ったからだ。彼は生き残ったことに罪悪感を抱き、何かを交換としてさしださねばならないと思いつめる。こうしてノルマン人の騎士は、親友の武勲を世に広める吟遊詩人となった。彼の諸国放浪は友への負債を返す旅であり、交換を生きる日々の記録でもある。そして同時に、友の死を再現する儀式である。友の死によってうながされた騎士の旅は、騎士自身が死ぬまで反復される死の追体験なのだ。そこに死へのやみがたい衝動が見え隠れする。

第四歌「海の子供」の物語は、ある王国の岸辺に漂着した一艘の小船からはじまる。小船に横たわる謎の女性は、胸に抱いた幼子（エグラモア）を若い女王にさしだして息絶えた。幼子は女王のもとで美しい若者に成長する。しかし彼は心の空虚を埋めることができずにいた。彼の命が、母の命と交換に与えられたものだからだ。高貴な生まれであることは確からしいが、その出自は失われている。それが彼に欠乏感を抱かせ、新たな交換の旅へと彼をうながしていく。

騎士エグラモアは探求の旅に出る。失われた自分の価値を発見したいという欲望とともに、破壊や死への衝動にも突き動かされていた。旅の目的は戦いの勝利と恋人イザベラ（女王の娘）の獲得である。交換にともなう痛みを知る彼にとって、この旅が命を危険にさらす厳しいものになることは承知の上だ。彼は「愛も、騎士としての心も、高みをめざすもの。どんな代償を払ってでも、獲得したいものがある」と宣言する（六九）。エグラモアの決意を知ったイザベラは、自

死が次の交換をうながし
さらなる死をもたらすという循環を生きる

分の金髪を一房と、魔法の指輪を彼に手渡す。エグラモアはそれと交換に冑を脱ぎ、彼女への贈り物とする。これは軽率な贈与というほかない。命を守る防具を手放せば、死の危険が増すからだ。しかしこれこそがエグラモアにとっての贈与と交換の意義にほかならない。彼にとっての交換は、まさに「高い代償を払って」――死（の危険）と引き換えに――行われるものなのだから。

旅の途上でエグラモアは、追っ手に命をねらわれる二人連れに出会い、彼らを危機から救う。追っ手を倒したエグラモアへの返礼として、二人連れは彼の肖像を描き、イザベラのもとに届けた。追っ手の死と交換に贈られたこの肖像は、のちにイザベラを窮地に追いやる。彼女に求愛する別の騎士に、胸にしまった恋人の肖像画を見咎められ、火刑に処せられることになったのだ。だがそこにエグラモアが駆けつけ、邪悪な騎士を倒し、間一髪で彼女を救出する。

物語は主人公の勝利で幕を下ろす。しかし恋人たちの幸福に忍び寄る不吉な影を完全に拭い去ることはできない。死が次の交換をうながし、それがさらなる死をもたらすという循環を生きる主人公は、再び死に向かって身を投じることが予感されるからだ。それを如実に描くのがエグラモアの金髪だ。彼がイザベルの救出に向かうとき、冑を脱いだ彼の髪は風になびき、きらきらと輝く。それは栄光と勝利のしるしであるが、同時に無防備な頭は死と背中合わせに生きる彼の姿をくっきりと映しだす。

だが、聞くがいい！　近づいてくる、馬の蹄の音を。

駿馬の疾走に、群集が道をあける。
イザベラがふりかえる。見上げた瞳に
飛び込んだのは、冑を脱いで、輝く金髪をなびかせた彼の姿！　（九〇）

戦いと死の歌をもうひとつ見てみよう。第八歌「若き復讐者」の主人公ラーラは、六人の兄を戦いで失い復讐に燃えるスペインの戦士だ。キリスト教徒である彼の父は、ムーア人を倒すために六人の息子を戦地に送った。しかしその見返りは、敵に討たれた息子たちの首であった。幼さのゆえ参戦できなかった末子ラーラは、父が経験した息子たちの死という喪失を埋めるために、長じて自ら復讐の旅に出る。ラーラはみごと戦いに勝利し復讐を果たした。ところがまさに勝利の瞬間、彼自身も、討ちとった異教徒の首を抱いたまま死を迎える。

（敵は）倒れ、首が切り落とされた。若いラーラの戦利品だ。
だがそのとき勝者の目に、死の戦場がぐらりと揺れて見えた。
敵と同じように蒼ざめた頬、色を失い喘ぐ唇。
勝利と死――そう、これこそ彼が天に願ったことだった。　（一七五）

勝利と自分の死がラーラの願いであったこと、死への衝動が彼を復讐に駆り立てていたことが明かされる。死んだ兄たちへの負債（自分だけ生きていること）は、自身の死によってはじめて返すことができる、との思いが彼の心に巣くっていた。そのためラーラは、父に敵の首と同時に、自身の死をささげなければならなかった。彼は小姓に、自分の遺体を船で父の宮殿まで運ぶように、との遺言を残す――甘美な死の快感に満たされながら。

「あの岸辺で、私の甲冑をはずしておくれ。
敵の首をしっかりと私の胸に置き、川の流れに私をゆだねておくれ。」
……川は彼を運んでいった、父のいるなつかしい宮殿に。
父は見つめた、月の光に照らされた英雄の姿を……　（一七六）

死への衝動が戦士を戦場に送り続ける。死が次の交換（復讐）へ人をうながし、さらなる死をもたらす。第七歌「巡礼者の歌」は、戦いと探求の旅の空しさを繰り返しうたう。権力を手にした王も、勝利に輝く戦士も、富める商人も、人生の目的を達成したはずなのに心の平安は得られない。騎士の物語は「罪と死に満ちている」、と吟遊詩人はうたう。彼の歌は広間に沈黙をもたらし、聴衆の心に暗い影を落とす。ロマンスの探求と交換についてまわる容赦のない「死」が、人びとの胸に刻まれてゆく。

金いろの示すもの——純粋な贈与、消費としての交換

「金いろの菫」において死や危険を暗示する場面には、「金いろ」のイメージが頻出する。この節ではそのイメージをさらに検討しながら、交換と死のかかわりについて考察を続けよう。

第一歌「解けた呪い」は、若い吟遊詩人ヴィダルがうたう理想的な女性の物語である。乙女マーザラは、恋人から薔薇の小枝を愛のしるしとして贈られる。するとある日、薔薇の精霊が現れて彼女に語りかける。おまえの恋人は魔法の呪いにかけられて眠っている。女性のまごころだけがその呪いを解くことができるのだ、と。マーザラは精霊に導かれて恋人を探す旅に出る。川を下り、海を渡り、苦難を乗り越えて進む彼女に、ルビーや「金」の入った籠がさしだされる。しかし彼女は、誘惑に負けて立ち止まったりはしない。

やがてマーザラが恋人の眠る大理石の神殿に到着すると、不思議な影が現れた。それは富と権力の象徴である宝石を身にまとい、黄金の入った宝石箱をさしだすが、マーザラははっきりとこう述べて断る。

黄金で彼の心が買えるくらいなら、
この探求の旅はやめにします。
私から彼への贈り物は、曇りひとつない
まごころのほかにはありえませんもの。　（三八）

「純粋な贈与」は「消費としての交換」によって裏切られてゆく

「まごころ」だけを贈り物に携えたマーザラは、みごと恋人にかけられた呪いを解く。登場人物の誰も命を落とすことなく、ヒロインの探求の旅は成功を収めた。死が描かれないのは、「金いろの菫」における十二の歌のうちこの第一歌のみである。その秘密はどこにあるのだろうか。

この物語には、人の愛情は金銀では買えない、という教訓がある。金が象徴する富や権力への欲望がからむ交換ではなく、愛情のためだけに愛情を与えるという交換は、死におびやかされることはない。主人公が「金」を否定したとき、物語から死の影が消え去ってゆくのである。このように物質的な財ではなく、精神的な財を受け渡すような交換のあり方、人の魂の一部を分け与えるような交換のあり方を、今仮に「純粋な贈与」と呼んでおこう。[12]

しかし青年ヴィダルがうたった「純粋な贈与」という理想は、その後に披露された歌の数々によって、次々とくつがえされてゆく。[13]そしてそこには必ず「金（いろ）」の受け渡しというイメージがある。第五歌、第六歌、第九歌は、女性がさしだす「愛情」を受けとった男性が、女性を金で買える使い捨ての「商品」として扱い、死に至らしめる物語である。「純粋な贈与」は「消費としての交換」によって裏切られてゆく。

第五歌「指輪」は、裕福な伯爵と結婚した金髪の乙女アガサの物語である。彼女の愛する伯爵は、結婚後彼女をぞんざいに扱う。苦しんだアガサは魔法の泉で霊を呼びだす。伯爵からアガサへ贈られた金の結婚指輪は、このとき彼女の血で呪いをかけられた。伯爵はその後、故郷ヴェニスでアガサを刺殺し、さらなる富と権力を手に入れるため、土地の有力な家の娘と結婚する手はずを整える。ところが結婚式当日、アガサから取り戻していた指輪を新しい花嫁に与えようとしたとき、水中からの手招きに驚き、指輪を落としてしまう。拾おうとして海に沈んだ伯爵は、二度と浮かび上がることはなかった。

この歌は、男女間の「交換」の複雑な顚末を語っている。アガサは、自分が受けとった金の「指輪」には、伯爵の愛情がこめられていると信じた。しかし伯爵の側からすれば、この指輪は女性を商品として買うための「金＝貨幣」であり、心はこもっていなかった。不要になったアガサを捨てる（殺す）際、伯爵は彼女のために支払った額を取り戻すために指輪（金）を奪い返す。彼は次の女性を得るために、再びその指輪（金）を使う。それが水に落ちれば、大事な「金」を拾うために飛び込む。ここには、富への欲望にともなう死の衝動がひそんでいる。指輪の呪いは、その死の衝動を利用して伯爵へ報いを与えたのである。

第五歌には、繰り返し金いろのイメージが現れる。伯爵の結婚衣裳にはふんだんに金が使われており、彼の富を示す。花嫁アガサの輝く金髪は、彼女が金で買われたものであり、伯爵の富の一部であることを物語る。伯爵が金の指輪をアガサの指にはめる際、彼女の指が傷ついて血を流す場面は、彼の富への欲望がやがて花嫁殺しにいたることを予告する。殺されたアガサの金髪が、彼女の流す血とともに水面に広がるとき、その予告は成就された。伯爵は金の指輪を追って、アガサとともに水中に沈んでゆく。第四歌「海の子供」におけるエグラモアの金髪と同様に、金いろは富・権力・勝利という「力」とともに、死の衝動や、死の危険を表す。そしてまた、心を置き去りにした「消費としての交換」にともなう残酷さをも警告するのだろう。

金いろは死の衝動や
死の危険を表す

金いろの菫のゆくえ

このような「金いろ」の含意は、詩のコンクールで最優秀詩人に授与される「金いろの菫」にも不穏な意味を加えてゆく。詩人の富、名声、勝利を示すこの栄冠は本来、詩人の歌に心を揺り動かされた聴衆が、彼の優れた技術を称え、感動を与えてくれたことへの敬意を込めて授与するものであった。それは詩人と聴衆とのあたたかな心の交感／交換のしるしであり、「純粋な贈与」のあかしであるはずだ。しかしコンクールで披露されたロマンスの数々が、交換における死の衝動や「金いろ」の残酷な含意を浮かび上がらせ、「金いろの菫」は詩人にとって危険な栄冠であると警告する。――「金いろの菫」を欲することで、詩人は死の危険にさらされることになる。その菫の象徴する富や権力といった物質的な価値が力を増すとき、聴衆と詩人の心の交感は失われ、詩人は「消費としての交換」に飲み込まれて、滅ぼされてしまうかもしれない、と。

一方詩の登場人物たちは、そのような「金いろの菫」の含意を忘れたかのようだ。十二人の吟遊詩人たちがうたい終えると、コンクールは閉幕を迎える。聴衆は、誰が栄誉に輝くのかと期待に胸躍らせて発表を待つ。伯爵夫人が漆黒の髪にさしていた金いろの菫をはずし、皆がかたずを呑んで見つめるなか、今しもその花をさしのべて勝者に渡そうとする。しかしこの瞬間、「金いろの菫」の語り手は突然物語を中断する。「夢は去った、私の竪琴は鳴り止んだ。……きれいな庭も、華やかな広間も／美しいあの伯爵夫人も消え去った。」（二二四）――では詩のコンクールはすべて語り手の夢だったのか、そして金いろの菫も宙に消えたのだろうか。語り手は私たちに向けてこう呼びかける。

もうひととき、私の拙い歌に耳を傾けてくださるなら、
あの貴婦人のもつ力をあなたに託しましょう。
お気に召すよう、あの栄冠を
与えてください――金いろの菫を。　（二二四）

金いろの菫は、いまや詩を読む私たち読者に手渡された。まるで絵画に描かれた花が、突然現実の世界に飛び出してきたかのように。

とまどう私たちを前に、語り手は詩人としての自分の悲しみを訴えはじめる。詩人は天上の歌をうたい終えて地上に降り立つとき、大きな希望と不安を胸に抱えている。自分の魂をささげた歌が、聴衆の心の中で「天上の炎と輝くのか、それとも灰となって消えてしまうのか」との問が生じる、というのだ（二二六）。自分の贈与が無に帰すのを恐れる語り手は、激しく見返り（交換）

金いろの菫は私たちに手渡された
絵画の花が現実に飛び出してきたかのように

を求める。

感情はまごころを伝えるもの、
想いは百合の花が頭をたれて萎れるときに
ひそやかに生まれるもの……
……あなたにささげます、竪琴のうたを
かよわい弦と震える吐息にふさわしい、慎ましい花輪を添えて。
どうぞこの愛にこたえて、優しい読者よ！　（二三九）

語り手は一途に、読者との温かな心と心の交感／交換を求める。[14] 自分の詩はまごころがこもっているから、まごころを返して欲しいとかきくどく。自分と読者の間に「純粋な贈与」が行われるようにと願いながら。

しかし彼女は同時に、自分の詩が単なるモノ（商品）に陥る危険性にも気づいている。彼女は私たち読者に金いろの菫を託した。私たちが語り手の想いに応えようとして、この菫を彼女に贈ったらどうなるのだろうか。そのとき両者の贈与は「消費としての交換」となり、彼女の詩が金で買われる単なる「商品」に陥る可能性がある。詩は使い捨て可能となり、かりそめに読者を喜ばせても、いずれ飽きられて捨てられる運命をたどるかもしれない。まごころを贈ったアガサが、彼女を商品と見なして金の指輪を贈った男性に殺されたように、語り手の詩も私たち読者に滅ぼされてしまうかもしれない。その危険を知りながらも、語り手は死の衝動に駆られるかのように懇願を続け、詩をこう結ぶ。

おわかりでしょう、優しいことばとまなざしは
竪琴の弦に日の光のように降り注ぐことを……
もしもこの願いがかなうなら、
私は自分の務めが最期を迎えても、悲しむことはないでしょう。（二二九）

「悲しむ」という言葉には、原詩では「死者を悼む」(mourn）という単語が使われている。つまり語り手は自分の詩を私たちに贈与した結果、詩に込められた自分の魂が破壊されるかもしれないとはっきり予感しているのだ。ランドンの生きた時代、イギリスでは消費社会が発達し、詩集も親しい人への贈り物として大量に売れるようになっていた。詩が商品として扱われ、使い捨てられていくことにとまどう詩人たちもいた。そのさなかにあって、ランドン自身その危険性に気づきながらも、覚悟のうえで消費社会に身を投じる決意をしていたことが、示唆されているのかもしれない。

語り手の運命は、そして金いろの菫のゆくえは、私たち読者の手に託された。ロマンスの世界

では、贈与は贈与によって返される。ロマンスの語り手から詩を贈られた私たちも、贈与を返さなければならない。死と破壊というメッセージを放つ危険な花を手にした私たちは今、懇願し続ける詩人の声を聞きながら、しばし立ち尽くしている。

6. アフリカで死ぬということ――ランドンと死／詩の贈与

十九世紀初頭のイギリスで一世を風靡した女流詩人レティシア・エリザベス・ランドンは、波乱に満ちた短い生涯を西アフリカで閉じた。詩人として人気絶頂の頃、既婚者を含め複数の男性との関係について噂が広がる。このスキャンダルを受けて、婚約していた著名文芸家ジョン・フォースターがランドンに不信感を抱いたため、彼女が身を引く形で婚約は解消された。ほどなく彼女は英植民地ケープ・コーストの商人総督ジョージ・マクリーンと出会い、結婚。親しい友人や家族、ロンドン文芸界に別れを告げ、アフリカで新生活を送るべく海を渡った。しかし現地に到着して二カ月後、自室で倒れているところを発見される。死因審問の結果、心臓発作の薬として所持していた青酸の飲みすぎによる事故死と判断された。訃報がロンドンに届くと自殺、あるいは他殺とも疑われたが決定的な証拠がなく、ランドンの死の真相は今も謎に包まれている。(1)

詩人と編集者

ランドンをめぐる異性関係の噂についても、真相は長いこと藪の中だった。しかし近年シンシア・ローフォードによってひとつの事実が明らかにされた――ランドンは未婚のまま三人の子供を生んでおり、その子孫は今も生きている。子どもたちの父親は、妻子ある文芸誌編集者ウィリアム・ジャーダンだった。(2) ランドンは十代の頃にロンドンの自宅の近隣に住むジャーダンに出会っている。幼少時から詩才を示した彼女を、従妹で家庭教師のエリザベスが熱心に後押ししたのだ。やがてジャーダンの編集する文芸誌『リテラリー・ガゼット』に作品が掲載され、"L."(のちに"L.E.L.")という謎めいた署名が添えられた。この謎は、詩人の素性をめぐる読者たちの好奇心をかきたてるに十分だった。彗星のように現れた才能との評判がたかまり、定期的に作品が掲載されるようになる。編集上の相談という形で、日曜午後はプロモーターであるジャーダンと会うのが習慣になった。やがて処女詩集『アデレイドの運命』が一八二一年に出版された。翌年ロンドンをひととき離れ、親類の住むアバフォードに滞在。この間に第一子のエラが生まれたと考えられている。エラはすぐ里子に出された。ランドンはロンドンに戻り出産の事実を伏せたまま執筆活動を続けた。

『即興詩人』、『吟遊詩人』、『金いろの菫』、『ヴェニスの腕輪』など、一八二〇年代に次々と詩集を発表し、人気作家として多忙な日々を送りながら、ランドンはさらにジャーダンとの間に二人の子をもうけた(いずれも里子に出している)。これらの事実はあくまで隠し通されたが、身体がふっくらすると田舎に身をひそめる彼女の行動に気づいたメディアによって、数々のゴシップ記事が書かれた。

ランドンはジャーダンを仕事上のパートナーとして信頼していたことだろう。しかし二人がここまで親密になったのは、彼女が仕事を続けるためにやむを得なかったという可能性もある。ランドンは裕福ではなかった。高級軍服店の経営で成功した父親が、ナポレオン戦争後の売上不振で財産を失うと、いつしかランドンの執筆料が家計の支えとなっていた。父の死後に遺された母や祖母、弟の面倒をみる必要があった。三人の子の養育費を稼ぐ必要もあったかもしれない。当時のロンドン社交界の常識では、独身で父がなく、地位も身分もない女性が作家活動をすることは困難だった。ランドンの作品を認め、売れる宣伝文句とともに世に出すジャーダンは、彼女と家族を救う鍵を握っていたのである。

アフリカのマクリーン

ジャーダンとの面会は徐々に間遠になっていったものの、二人は最後まで友人だった。その一方でランドンは作家、画家、科学者たちと幅広い交友関係をもった。執筆活動は好調で、一八三〇年代に入ると詩集のほかに『ロマンスと現実』『フランチェスカ・カラータ』などの小説を出版、さらに当時流行した年刊詞華集（The Annuals、以下アニュアルと記す）の編者・寄稿者

リージェンシーを生きてヴィクトリア朝の幕開けとともに去ってゆく

として精力的に活動した。これらのアニュアル――代表的なものに『忘れな草』『想い出のために』『フィッシャー版・応接間のスクラップブック』がある――は、高級感あふれる装丁と繊細な鋼版画イラストが特徴で、クリスマスのギフトとして人気があった。ランドンの作品は中世ロマンス風の異国の物語が多く、感傷的で感覚の喜びに訴えかける。戦争を懐古して刹那的な幸福感に浸りたい戦後の読者たちの嗜好にこたえていた。ただ時代の雰囲気は、すぐに不況や改革など現実の諸問題からくる不安や憂鬱感へと変わっていった。そのことが、ランドンの作品に強く表れる戦争、死、破壊という暴力性や、悲劇的結末と関わっているのかもしれない。彼女は摂政時代（リージェンシー）を生きてヴィクトリア朝の幕開けとともに去ってゆく、過渡期の詩人だった。

戦争や異国への憧れは、幼少の頃からランドンの心に培われた。『千夜一夜物語《アラビアンナイト》』、ウォルター・スコットのロマンス詩、アフリカなど異国の旅行記がお気に入りだった。父親からは船員時代に赴いたアフリカの話を聞いていたことだろう。ランドンはまた辺境の地スコットランドにも惹かれていた。当時スコットランドはロマンティックな想像力の源泉としてもてはやされ、多くの人びとの憧れの地だった。一八三六年秋、ランドンはロンドンのパーティーでマクリーンに紹介される際、彼の出身地であるスコットランド風の衣装を身につけていたという。しかも彼は、アフリカ駐在の軍人だった。休暇を取得して七年ぶりにイギリスに帰国していたのである。一八二六年よりシエラレオネに赴任し、一八三〇年からは黄金海岸（現ガーナ）における「商人総督」として、交易城砦とイギリス人商人居留地を監督する任務についていた。現在は世界遺産に登録され、十八世紀までは奴隷貿易の拠点でもあったケープ・コースト城（なお、イギリスの奴隷貿易は一八〇七年に廃止された）が、彼の牙城だった。

ケープ・コーストのイギリス人商人たちは、海岸地域を勢力拠点とするファンティ族と協力関係を築いていた。一方輸出産品（金、象牙、パームオイルなど）の生産地である内陸部に勢力をもつアシャンティ王国は、ヨーロッパ商人と直接取引を行うため、ファンティ族に対して軍事攻撃を行っていた。マクリーンは貿易の安全なルートを確立するために、アシャンティ王国との和平交渉にあたった。文化・習慣がまったく異なる人々との交渉は困難をきわめた。時には軍人を少数帯同するのみでアシャンティ王や他部族の宮廷に赴くこともあった。命の危険と常に隣り合わせだった。しかし交渉能力にたけたマクリーンは数々の苦難を乗り越え、十九世紀を通じて百年に及ぶことになるイギリスとアシャンティの戦争状態に一時的な和平をもたらしていた。伝記作家ジュリー・ワットによれば、ランドンはマクリーンと会って「一目で恋に落ちた」[3]。アフリカでの武勇を語る彼は、ロマンスの主人公と重なって見えたかもしれない。一方マクリーンも、現実的で冷静と自他ともに認める人格ながら、機知に富む詩人との出会いに心躍らせた。

ランドンはマクリーンがロンドンから故郷のスコットランドに向かう際、二人のことについて頭を冷やして考えるように、と彼を諭した。しかしいざ離れてみると、手紙がしばらく来ないことに動揺し自殺すると騒いだのはランドンの方だった。マクリーンは手紙で彼女をなだめ、ロン

結婚一ヵ月後、ランドンは
アフリカへと船出した

ドンに戻った。そして二人は結婚した。スキャンダル記事に苦しめられてきたランドンは、メディアに対して警戒的だったので、事前に結婚を知らされたのは身内と親しい友人だけだった。結婚のニュースが流れると、多くの友人が駆けつけて送別会が催された。結婚一ヵ月後、ヴィクトリア女王の戴冠式に沸き立つロンドンを後にして、母や借金癖をもつ弟のことを心配しながら、ランドンはアフリカへと船出した。

ケープ・コースト城

ほぼ二ヵ月にわたる航海の大部分を船酔いと闘って過ごしたランドンの乗る船――マクリーンにちなみ「マクリーン総督号」と名付けられた――は、一八三七年八月十日、黄金海岸に到着した。波の砕け散る崖上にそびえたつ白い城砦がケープ・コースト城だ。崖の両側はヤシの並木の海岸が伸び、北方には密林の丘が壁のように連なる。イギリス人商人たちの住む、回廊のある瀟洒な白い家々と、現地民の住む茅葺や日干しレンガの家々で構成された、およそ六千人の住む町。それは森と波とに囲まれた陸の孤島だった。ランドンは「ロビンソン・クルーソーの島のよう」と後に述懐している[4]。彼女の新しい住処となる城砦は不規則形で、厚い城壁で囲まれていた。海に面した城壁に一定の間隔で、あまり使われずに錆びた大砲が並んでいる。太陽の照りつける舗装された中庭では兵士たちが毎日行進し、登下校の子ども達や一般の人びとが忙しく行き交う。この下の地下牢は、かつて輸出される奴隷達の収容所だった。地下牢から続くトンネルの先に「帰らざる者の扉」がある。ランドンのいた頃、扉の先には囚人を奴隷船に運ぶカヌーではなく漁船が浮かび、活気に満ちた漁港からは獲れた魚の匂いが漂っていた。(5) 通りを歩くファンティの人々はすらりと背が高く、色とりどりの布を身に纏っていた。

ケープ・コースト城内では白人女性エミリを除いてすべての召使いが現地人で、ランドンは家の仕事に関する采配を任された。ランドンが遺した弟への手紙の「彼（マクリーン）が私に料理、洗濯、アイロンがけなど女中の仕事をやらせようとします。そして徹底的に私を矯正してやる、と言うのです」(6) という文面は、夫婦の不和と彼女の不幸を表すものとして引用されることがある。(7) ジュリー・ワットは、この手紙は、ランドンを厳しい異国での生活に対応させようとするマクリーンを記したものと考える。(8) 高温多湿の気候条件下、マクリーンは現地の知恵に学びつつ、イギリス中流以上の暮らししか知らないランドンに、生き抜く術を教えようとしていた。後のマクリーンの回想によると、ランドンは友人に向けて自分が書いた手紙を、彼に読み聞かせるのを習慣にしていたという。その際冗談めかして、ロンドンの友人には現地の生活で辛いことをすべて伝えると約束しているから覚悟してね、と彼に言っていた。(9)

現地イギリス人商人たちとの社交でも、彼女は新生活の辛さをユーモアたっぷりに語って楽しませた。ランドンには、作家として書く時間と部屋が与えられており、現地イギリス人社会から暖かい歓迎を受けていた。また彼女は、マクリーンがこの地で高く評価・感謝されていること、彼の仕事がどんなに重要であるかを友人へ書き送り、彼への敬意を示している。様々な不便や苦難があったのは事実である。夫に対する不満もないわけではなかった。[10] しかし、ケープ・コーストでの新婚生活が不幸だったと即断することもできない。

実のところ、不幸か幸福かを見きわめる時間すらなかった、と言う方が正確だろう。ランドンのアフリカ生活はたった二ヶ月だった。十月半ばのこと、ランドンはケープ・コーストに寄港した英国軍艦の艦長をディナーでもてなした。彼の回想によると、彼女はマクリーンが体調を崩していることを心配しつつも、終始朗らかに見えたという。その数日後、エミリとマクリーンの部下クルークシャンクのための送別会が催された。二人は、新婚のマクリーン夫妻を運んだ帆船「マクリーン総督号」がロンドンに戻る機会に乗じて帰国する予定になっていた。この会には、体調がやや回復したマクリーンも同席した。ランドンはクルークシャンクに、友人たちに会ったら元気だと伝えてほしいと頼んだ。十一時に会がお開きになり、客を見送りがてらランドンは夜の空気にあたった。このとき彼女は空を見上げて、同じ星々を故郷の人たちも見ているのねと懐かしんだ。しかしすぐに、アフリカの生活が辛かったら帰っておいでとロンドンの友人が言ったけど、そんなことにならないと最初からわかっていたわ、と言って笑ったという。

翌朝六時にランドンは目覚め、マクリーンのために薬を用意して彼の様子を見てから、再びベッドに戻った。化粧室に入り小一時間ほどかけて、ほどなく出航する「マクリーン総督号」に積むための友人への手紙を書いた。クリスマスまでに届いてほしかったからだ。それから物置から髪油を取ってきて欲しいとエミリに頼んだ。ほどなくして、頼まれた品々を両手に抱えたエミリが戻ると、化粧室のドアはなかなか開かなかった。人の重みのためだった。ドアの向こうでは、ランドンが意識を失い背中でもたれるように倒れていた。エミリは悲鳴をあげてマクリーンを呼び、医師のコボルドもすぐに駆けつけた。

しかし蘇生の努力も空しく、ランドンはそのまま息をひきとった。

死因審問

皆が呆然とする中、マクリーン、彼の部下たち、エミリ、コボルドらが出席して、治安判事のもとで直ちに死因審問が行われた。第一発見者のエミリは、ランドンは空になった青酸薬の瓶を手に握っていたと述べた。瓶は証拠として提出された。ランドンはかねてより「痙攣」の発作に見舞われることがあり、治療薬として青酸を服用する習慣があった。彼女は前の晩にやや激しい発作があったが翌朝は調子がよさそうで、いつものように朗らかな様子でエミリに別れのプレゼントを渡したという。

マクリーンはランドンの化粧部屋に駆けつけたとき、テーブルの上に青酸薬の空瓶を見つけたと述べた。エミリにそのことについて尋ねると、「奥様が手に握っていた」と答えた。マクリーンは妻がこの薬を所持しているのを知っており、危険な薬として服用に反対だった。彼は、妻と

空になった青酸薬の瓶を
手に握っていた

の間に諍いはなかったとつけ加えた。一方医師コボルドは、ランドンはいつもの薬の量では効かなかったので量を増やしたか、あるいは薬を飲もうとしたときに発作が起こり、誤って大量に服用したのではないか、と所見を述べた。彼はこの判断に自信をもっていたので、遺体解剖による検死は不要だと言った。クルークシャンクも審問に答え、前夜のマクリーン夫妻の仲睦まじい様子を伝えた。最後にランドンが死の直前に書いた友人への手紙が読み上げられた。その手紙には、パーティーでのユーモラスな出来事や、岩場に打ち寄せる波、水面に映る夕陽など風景の美しさが記されていた。

列席者の証言が終わった。治安判事のもとで全員が署名し、ランドンの死は青酸薬の服用過多による事故死と結論づけられた。高温多湿の土地柄、葬儀はすぐその晩に行われた。続いて遺体が埋葬されたが、激しいスコールに見舞われたため参列者は三々五々散っていった。墓が閉じられるのを見届けたクルークシャンクが、報告のためマクリーンの寝室を訪ねると、彼はショックで言葉を失い、ひとり聖書に慰めを求めていたという。「マクリーン総督号」はこの悲劇のために予定より遅れて出航した。クルークシャンクはマクリーンから、ランドンが死の直前まで書いていた手紙をすべて預かった。

クルークシャンクは何年も後に当時のことを振り返り、死因に関するコボルドの判断に疑問を投げかけている。コボルドは若い外科医で、内科的な知識も経験もなかった。薬瓶には青酸特有の強いアーモンド臭があまりなかったことを考えると、元々空だったのではないか。ランドンは青酸ではなく心臓発作のため亡くなったのではないか、と思うようになったという。ワットも、ランドンが生前見舞われた症状や遺体の目を見開いた様子などを総合的に判断すると、当時ようやく知られたばかりの心臓疾患、アダムス・ストークス症候群の発作が死因だったのではないかと推測している。(11) 事故死か、それとも病死だったのか。

別の伝記作家、ルカスタ・ミラーは、ランドンの死は薬物依存によるものと考える。ミラーによれば、ランドンは一八二〇年代からすでに阿片中毒者であった。(12) 常用することで阿片が効かなくなったランドンが、青酸を代替としていた可能性が高いという。(13) だとすれば、彼女の持病だった癲癇の発作は、心臓疾患によるものというよりは、薬物が切れた際の症状であったのかもしれない。その症状を鎮めようとした際に、青酸をあやまって過服用した「事故」がランドンの死の真相であったという推測も成り立つ。(14)

疑惑と憶測

だが当時のロンドンの人々は、ランドンの死に関してまったく違う憶測をした。ランドンの死の知らせを載せた「マクリーン総督号」がイギリスに到着すると、一八三九年元日、『クーリエ』誌に訃報が掲載された。翌日『ウォッチマン』誌にマクリーンの同僚で宣教師として赴任していたトマス・フリーマンの記事が載った。彼はケープ・コーストが住みやすい場所だと伝えることで、さらに多くの宣教師とその妻に渡航してもらいたいとの思いから、ランドンは死の直前までこの上なく健康だったと強調した。これはフリーマンの意図とは別に、人々の疑いを誘発してしまった。健康だったなら、なぜランドンは突然死んだのだろうか。あまりにも不自然だ。彼女はアフリカでの生活に絶望して自殺したのではないか。あるいは、マクリーンの現地妻がヨーロッパからの花嫁に嫉妬して毒殺したのではないか。そしてマクリーンも、現地妻の意図を知りながら殺害を止めなかったのではないのか、と。[15]

まるで山火事のように、噂はあっという間に広まった。ロンドンだけでなく地方の新聞、種々の定期刊行物が次々と、ランドンの手紙や詩作品、関係者の証言、死因審問報告を引用して、真実を追求しようという姿勢を見せた。『ザ・タイムズ』誌は、ロンドンにおけるランドンの主治医が「彼女に青酸を処方したことはない」と証言したと伝え、ではいつ誰がどこで毒薬を入手したのか、と問いかけた――実際のところ、青酸は当時ロンドンで「最新流行」薬と宣伝され、薬局などで（医者を通すよりも安く）買えたので、ランドン自身が購入していた可能性も高いのだが。

噂を鎮めるために、ランドンから最後の手紙を受けとった友人たちが彼女は幸福だったと主張しても、あまり効果はなかった。遺体解剖による検死が行われなかったことも、スキャンダルに拍車をかけた。検死はイギリス国内の厳密な規定によれば必須だった。コボルドが不要と判断したとはいえ、なぜマクリーンは、あくまでも検死を行うように主張しなかったのか。何かを隠そうとしていたからではないか。冷静に考えれば、たとえ検死の結果服毒死だとわかったとしても、それはコボルドの死因判定の正しさを証明するだけで、必ずしも自殺や殺人の証明にはならない。それでも噂は暴走し、匿名や実名の記事が、マクリーンは妻の毒殺に加担したとの疑いを唱え続けた。(16)

こうした噂には、アフリカ植民への不安、優越意識や罪悪感といった複雑な感情がひそんでいた。一月二十日『ウィークリー・トゥルー・サン』誌は、「非キリスト教の無法地帯の習慣に倣い、ケープ・コースト総督は（アフリカとヨーロッパの）『混血』を妻とし、城に住まわせていたらしい」と述べ、「この女の血には……アフリカの激しい気性」が流れていたと断定する。そして、「メディアの力で植民地のどす黒い闇を照らすべきだ」と主張する。(17) アフリカ社会を野蛮と決めつけるこうした記事からは、現地民の「劣った血」が「優秀な」イギリス人と交わることへの嫌悪感と差別意識がにじみ出る。さらにマクリーンは奴隷を所有したとの疑いもかけられていた。戦いで倒した他部族の者を奴隷とし、借金の抵当として「人質」を使用人にする現地の習慣に、現地妻をもつマクリーンも染まっていたと囁かれたのである。英植民地における（過去の）奴隷売買や所有に対する罪悪感が、スケープゴートを総督マクリーンに見出していた。

さらに、これらの噂には不思議な点がある。ランドン自身が作品に描いた物語と符合するのだ。異国にやってきたイギリス人女性が、夫の元恋人（現地人）の嫉妬にあい毒殺される話は、ランドン作の物語詩『ヴェニスの腕輪』に見出すことができる。(18) 舞台はイタリア。農家の娘アメナイーデは騎士レオーニと身分違いの恋に落ちた。彼が戦争に行って不在の間、運命の変転により貴族の称号を得る。だが帰還したレオーニは、「菫より明るい色の青い瞳」、「バラ色の頬」と「金色の髪」をもつイギリス人花嫁イーディスを伴っていた。傷ついたアメナイーデは、毒を仕込んだ蛇形の腕輪を手に入れた。その晩結婚披露宴の最中にイーディスは急死する。だが花嫁を毒殺したと疑われたのはアメナイーデではなく、花婿のレオーニだった。アメナイーデが囚われのレオーニのもとを訪ねると、彼はやむをえぬ事情でイーディスと結婚したことを謝る。アメナイーデは罪の意識から、自ら服毒して息絶える。

ランドンが現地妻に毒殺されたと疑う人々は、（無意識にせよ）彼女を物語の中のイーディスと同一視している。そうすることによって、ランドンを彼女自身の作品の登場人物に仕立てようとする。これはどういうことなのだろうか。物語と実在の人物の混同なのか？　当時人々が抱いていた異文化との出会いに対する怖れをランドンが共有し、作品の中で表象していた、ということなのだろうか。

文学としての死

『ヴェニスの腕輪』に限らずランドンの作品の多くは異国を舞台とし、ヒロインの悲劇的な死で終わる。ヒロインは戦争その他の事情で肉親と離れたり、流浪の身となったりした結果、恋人とも別れて死んでゆく。こうした物語は、時にイギリス人の優越感や残酷さといった帝国主義の負の側面を描きつつ、犠牲者としての女性たちのドラマを展開する。そこには戦争や植民地統治に対する批判的な視点も読みとれる。しかしここで特に注目したいのは、死ぬ女性の描かれ方だ。彼女たちが死ぬ時その苦しみは瞬間的に忘れられ、美しさだけが見る者に鑑賞される。彼女たちは死によって動かぬ肖像画や彫像となる。ランドンの作品において女性の死はそれ自体が詩作品（芸術）の比喩になる。[19]

ランドンはしばしば文学を、読者への贈り物だと述べる。そして死は芸術（文学）なのだからそれを贈り物として受けとるように、と読者を導いてきた（本書第5章）。ランドン自身が死んだときに、読者がそれ自体を文学の贈り物として受けとるのは、私たちが彼女の作品の中にある世界観に身を任せ、内面化している証しでもある。

「最も詩的な主題は美しい女性の死である」とエドガー・アラン・ポーは述べた。[20] 女性蔑視という批判もされた彼の言説は、死が多くの謎を内包するという認識によって支えられなければならない。死は詩的言語として様々な象徴的意味をもちうる。[21] しかしより現実に即して考えることもできる。たとえば誰か身近な人が死んだとき、その事実をあっさり受けとめられる人は稀だろう。直接の死因は、そして遠因は何だったのか、と考え始める。そこから故人の人生そのものへの探求をはじめる者もいるだろう。ランドンの死についても同様だ。ランドンは人気詩人として読者の身近な存在だった。とすれば彼女は死ぬことによって、いわば自分自身を解くべき謎として読者にさし出したのだ。

ただし、死を贈り物としてさし出す／受けとることには危険が伴う。死は大きな悲しみをもたらしうる。また、その贈与は拒絶されることもある。死は誰にも顧みられず、忘却の彼方へうち捨てられてしまうかもしれない。あるいは死は好き勝手に解釈され、もて遊ばれた挙句、故人の評判を落とし、周辺の人々を苦しめるかもしれない。ランドンの死にまつわる噂がマクリーンを中傷し、多くの人を混乱に導いたように。ランドンから死を与えられた私たちは、何を返したらいいのだろうか。私たちも勝手な解釈をすることで、彼女の何かを破壊してしまうことになりはしないだろうか。

死を与える——『カストルッチォ・カストラカーニ』

ランドンが死の直前まで改稿を重ね、完成を目指していた作品のひとつが、初めての劇作品『カストルッチォ・カストラカーニ』だった。それは上演されることもなく、ランドンの死後『レティシア・ランドンの生涯と遺稿』[22]に掲載された。イタリアの中世都市国家ルッカの英雄、カストルッチォを主人公とするこの詩劇は、やはり死の贈与が大きなテーマになっている。市民の信望を集めるカストルッチォはルッカの独立と平和を願うが、フィレンツェから服従を強要され、やむなく戦いを決意する。この機に乗じて彼を倒そうと、野望を抱くルッカの貴族たちによる暗殺計画がもちあがる。そんなカストルッチォの危機を救ったのが、再会した昔の恋人クラリッカだった。二人は将来を約束しながら、戦争のため別れ別れになっていたのだ。しかしクラリッカはカストルッチォの命を救ったことで、彼女の実父アレッジ公を（暗殺計画に加担したとの嫌疑で）死罪の危機においやってしまう。懇願の末死罪は撤回されたが、時すでに遅かった。アレッジ公はルッカ独立の見返りに亡くなり、カストルッチォは晴れてルッカの首長となる。クラリッカは父の後を追うように死んでしまう。この物語では、「死」が何度も様々な大きな価値と交換される。カストルッチォの命はアレッジ公の命とひきかえに救われ、彼の敵レオーニ（アレッジ公の甥）は、叔父を救うために自分の命を投げ出す。そのアレッジ公の命はルッカの自由とひきかえになる。そしてクラリッカの死はカストルッチォの手で、国への「供物」として差し出されるのだ。

「死を与える」という『カストルッチォ』のテーマは、アシャンティ王国と関わりの深い現コートディヴォワールに伝わる「女王ポクー伝説」にも見られる。十八世紀アシャンティの王オセイ・トゥトゥの姪であるポクーは、騎士と結婚して息子を授かった。ところが王位継承争いが起きたため、暗殺される危険を察知し、王族の一部と家臣を連れて西へと逃れる。現在のガーナからコートディヴォワールに進んだポクーたちは、両国間の国境を南に流れるコモエ河に行きあたる。一行は増水した河を前に立ち往生するが、ポクーは神託を受けて、河を渡るために一人息子を犠牲としてさし出した（河に沈めた）という。一行は無事に現在のコートディヴォワール中央部までたどりつき、新しい王国を建設した。独立後のコートディヴォワールではこの伝説が建国神話として教育の場で用いられていった。植民地期にはアフリカ人作家ベルナール・ダディエが、ヨーロッパ支配下の人々がアフリカ人としての自分を取り戻す過程を、この物語に重ね合わせていた。[23]

ランドンがこの伝説を知っていたという証拠はない。彼女の遺作に描かれたモチーフ――戦争、死の贈与、民（国）の独立――が、アシャンティのポクー伝説と共通しているのは、偶然なのかもしれない。ポクー伝説自体歴史の中で様々に語り直されてきたので、一元的に解釈することはできない。だがランドンの死を贈与として受けとるように誘われる者は、ここにある含意を見出してしまう。

マクリーンが黄金海岸地域にもたらした和平はつかの間だった。やがてイギリス・ファンティ連合軍とアシャンティ王国との戦争は再開され、断続的に続いた。一八七四年連合軍の攻撃に際し、アシャンティ軍が海岸地帯から撤退すると、それまで交易拠点として城砦と居留地、周辺地域を管理していたイギリスが、「黄金海岸直轄植民地」を設立した。一九〇二年には内陸部のアシャンティや北方諸領土が直轄植民地に併合される。こうした動きに伴い、植民地政府の現地に対する方針は「保護」から「支配」へと変わっていった。それは英国帝国の統一性という名のもとに司法、立法、行政に及ぶアフリカ人の主権を侵害する、との不満を呼び起こし、現地の民族主義の気運を高めていった。[24]

とすれば、伝説が生き続けたコートディヴォワールだけでなく同民族の住むガーナの独立に際しても、国の独立と民族自立のためには尊い犠牲が必要との意識を高める必要があり、その思いはイギリスが黄金海岸を保護領として扱っていたマクリーンの時代から、人々の心のどこかに巣くっていたのかもしれない。ランドンは無意識にではあっても、その思いを敏感に感じ取っていたのではないか。『カストルッチオ・カストラカーニ』は、異なる時代、異なる地域を舞台にしてはいるが、ランドンがアフリカの現在と未来に思いを寄せて、黄金海岸に遺した贈り物だったのだろうか。

アフリカの現在と未来に思いを寄せて
黄金海岸に遺した贈り物

Letitia Elizabeth Landon (Mrs Maclean) by Daniel Maclise
©National Portrait Gallery, London

7．「ゴブリン・マーケット（小鬼の市）[1]」の金と銀

――コボルド、ランドン、ロセッティにおける贈与交換の系譜

花と果物――贈り物／商品としての詩

お気に召すよう、あの栄冠を
与えてください――金いろの菫を。

……あなたにささげます、竪琴のうたを
かよわい弦と震える吐息にふさわしい、慎ましい花輪を添えて。
どうぞこの愛にこたえて、優しい読者よ！

（「金いろの菫」[2]）

レティシア・ランドンの長編ロマンス詩「金いろの菫」(一八二七)の中で語り手はこう呼びかけて、詩を読者に贈り、見返りに黄金の菫を求めた。菫は読者からの真心の賞賛であり、富のあかしでもあった(本書第5章)。ランドンが活躍した時代は、詩集が大切な人への贈り物として人気を博していた。それを象徴するのが、彼女自身が頻繁に寄稿し編集にも携わった、高級感あふれる詞華集、「アニュアル」の流行である。[3] アニュアルは詩のほかに、イラスト、エッセイ、物語等を編んだもので、クリスマスのギフトとなるよう、通常十一月に刊行された。代表的なシリーズに『忘れな草』(*Forget-me-not*)、『想い出のために』(*Keepsake*)、『不凋花《アマランス》』(*The Amaranth*)、『文学のかたみに』(*The Literary Souvenir*)、『友情の捧げもの』(*Friendship's Offering*)がある。[4] タイトルも示唆するように、贈り物としての詩(文芸)はしばしば花の比喩で語られた。消費社会の勃興した時代、贈与と貨幣経済は結びつき、両者は混同されたまま表象された。

出版文化が消費社会に呑まれてゆくことに危機感をおぼえる詩人たちもいた。コールリッジ、ワーズワス、ロバート・サウジー、テニスンなどは、アニュアル側が提示する巨額の原稿料に惹かれながらも、寄稿する詩が自分の手を離れ、編集者と読者の思いのままに消費されることに戸惑いを感じていた。[5] ランドンは経済的な必要性にも迫られ、[6] そうした危険を覚悟のうえで、積極的にアニュアルとそれをとりまく世界に生きた。[7]「金いろの菫」をはじめとする彼女の作品は、十九世紀の消費と贈答の文化を女性(詩人)たちがどのように生きたか、その一端を伝える。[8]

「金いろの菫」出版の三十五年後に、クリスティナ・ロセッティが市場交換を真っ向から扱う物語詩を発表した。「ゴブリン・マーケット（小鬼の市）」（一八六二）である（以下「小鬼の市」と記す）。[9]「贈り物／商品としての詩」という観点から、ランドンとロセッティのつながりを明確にしてくれるのは、エリザベス・コボルド作「花売りの娘」（一八一三）である。[10] ランドンと同じく、詩を読者に贈ることを花のイメージで語るこの作品は、「小鬼の市」にインスピレーションを与えた源流のひとつと指摘されている。[11]

花売りの娘

おいでよ買いに　いらっしゃい　私の不思議な花々を
　よりすぐり　とっておきの花ばかり
妖精の住まう　空想のあずまやで摘みとった
　どの年代の　どんな方にもぴったりの花々を

人生のたそがれに　佇むひとに
　冬の冷たい子ども　待雪草《まつゆきそう》を
富をもとめて　結ばれるひとに
　はなやかに咲く金蓮花《きんれんか》を

おいでよ買いに
私の不思議な花々を

沢菊《さわぎく》や　ぼろきれ纏《まと》う撫子《なでしこ》は
　つましい暮らしのひとに
青い矢車菊は　未婚の紳士に
　王冠百合は　野心あるひとに

草原に馬を駆る　スポーツ好きに
　赤い金鳳花《きんぽうげ》とエリカの枝を
ひざまずき求愛するひとに
　赤い鶏頭《けいとう》と蔦を

すらりとした伊達男には灯心草《とうしんそう》
　知性よそおう気取り屋にイヌホオズキ
道楽者には悪魔の黒種草《くろたねそう》
　失恋した羊飼いには血を流すヒモゲイトウ

だけど忠実な恋人には　愛をこめて咲かせた

いちばんきれいな花がふさわしい
あなたのお心のままに編みましょう
不凋花《アマランス》と薔薇の花輪を。

（筆者による翻訳）

「おいでよ買いに　いらっしゃい」という呼び売りは、「小鬼の市」における妖精ゴブリンの声と一致する。花売り娘の売る花々の多様さは、ゴブリンの商品である果物の豊饒さと符合する。どちらの詩における花／果物も、イングランド古来の種と異国的な外来種(12)が混在し、外国から珍しい産物が次々と流入して人々の憧れを誘った時代をものがたる。

「おいでよ買いに　いらっしゃい
ぼくらの畑のくだものを
リンゴにマルメロ
レモンにオレンジ
傷なし　つやつやサクランボ
メロンに木苺
ふんわり頬染めた桃
こんがり日焼けのマルベリー

外国から珍しい産物が次々と流入した時代

のびのび育ったクランベリー
ミニリンゴに青い木苺
パイナップルに黒苺
アンズにイチゴ——
夏の天気に恵まれて
みんな一緒に実ったよ——
いくつもの朝をかさね
すてきな夕べをかさねて
おいでよ買いに　いらっしゃい
畑から摘んだばかりの葡萄だよ
ぷっくり丸い石榴だよ
ナツメヤシに酸っぱいアンズ
みごとな梨に緑のスモモ
紫のスモモにブルーベリー
食べてごらんよ、ほらどうぞ
緑のスグリに赤スグリ
まっかに燃える野ばらの実

イチジクを口いっぱいに頬張って
南の国のシトロンを　味わってごらんよ
見てはすこやか　食べれば甘い
おいでよおいで、買いにおいでよ。」

（「小鬼の市」一―三一行）

「花売りの娘」は『クリフ邸のヴァレンタイン詩集』（以下『クリフ詩集』）の最終詩篇である。コボルドは年に一度自邸でヴァレンタイン・パーティーを開催するにあたり、招待客のために、詩を書きつけた切り絵カードを多数作成した。宴会当日それらを未婚の男女に、籤《くじ》のように別々の籠から引かせたという。(13) その詩を集めたのが『クリフ詩集』だった。つまりこの詩集全体が「贈り物」としての詩で編まれている。そして花／詩を各々に配る（売る）という趣向で大団円となる。コボルドは、純粋に客をもてなすために詩の数々を贈ったのだろう。しかしその贈与は、行商人としての花売り娘を登場させることで、商品という含意をもつことになった。(14)「花売りの娘」は十九世紀の読者に愛され、種々の詞華集に再録されたため、ランドンやロセッティの目にもとまった可能性が高い。(15)

コボルドとランドンにおいて花は詩やその返礼の比喩であり、真心と貨幣経済が混在した記号であった。ではロセッティの「小鬼の市」においてもやはり、果物やそれと交換されるものは、同種の記号なのだろうか。「小鬼の市」とはいったい何か、そしてなぜ果物を売るのが妖精なのか。そこに贈与と市場交換はどのように描かれているのだろうか。

商人としての妖精

モリー・クラーク・ヒラードによれば、妖精は長らく、取引の表象であったという。エドマンド・スペンサーはエリザベス女王の愛顧を得た返礼に、彼女を『妖精女王』として謳《うた》いあげた。シェイクスピアは妖精が夢と生活の糧を生み出すと語った（『真夏の夜の夢』）。十七世紀詩人マーガレット・キャベンディッシュは妖精を商人のイメージでうたった。[16] 十九世紀半ばには民話集が一大文芸市場を形成し、妖精物語が多くの読者に広まった。それらの物語は、人間が妖精と（危険な）取引をするエピソードに満ちていた。

一八五一年、世界初の国際博覧会、ロンドン万博の会場となった巨大な硝子建造物「水晶宮」（クリスタル・パレス）は、「妖精宮」（Fairy Palace）とも呼ばれていた。水晶宮内の展示品は商品ではない。しかしそれは、当時紹介されつつあった国内外の産物の魅力を伝え、見物客の欲望をかきたてた。人々は珍しい品々を、妖精が魔法で作りあげたものと想像した。妖精は品々を運ぶ商人としてイメージされ、『パンチ』など博覧会を報じる定期刊行物や著名人の手記には、清らかで美しい妖精と、異国的、野獣的で恐ろしい妖精の描写が見られた。未知の地や民族への憧れと怖れが共存していたのだろう。

ロセッティは定期刊行物の熱心な読者であり、水晶宮が建設されたハイド・パークからさほど遠くない場所（オルバニー・ストリート）に住んでいた。それゆえこうした妖精の表象に接していたことは推測でき、それが「小鬼の市」創作につながったと、説得的にヒラードは論じている。[17]

では、商人ゴブリンが売る果物は何を象徴するのか。もちろん、帝国拡大と消費社会の勃興によりもたらされた産物を指すと捉えてよい。しかし前節で考察した、詩を花の比喩で描いたコボルドやランドンとのつながりからみれば、ロセッティもやはり、商品／贈り物としての詩を果物にたとえていた、と推測できる。それは「小鬼の市」の最後で、主人公のひとりである女性ローラが、自分の物語を子供たちに語りつぐ場面からも、遠いこだまのように示唆される。「小鬼の市」とは、物語を商品として売る、あるいは贈与として手渡すことについて、思いをめぐらせた作品なのではないだろうか。

小鬼の市は文芸市場なのか

小鬼の市が文芸市場の比喩であるという読みは、すでに何人もの研究者が行っている。[18]再びヒラードに戻れば、彼女もまた同様の解釈をし、ゴブリンの売る果物の豊かさは、ロセッティの同時代に百花繚乱と繁栄した出版物――定期刊行物や大衆文芸、チャップブック、ブルーブック、ペニー・ドレッドフル等――に言及しているという。[19]その多くはイラスト付きで、詩、小説、エッセイ、政治経済に関する論文、と様々なジャンルを網羅していた。

出版文化が発展し、読者層も広がったイギリス十九世紀。当時女性詩人が直面していた問題を、ランドンとロセッティはある程度共有している。ランドンは十代の頃編集者に見いだされ、『リテラリー・ガゼット』誌に、"L."（のちに"L.E.L."）の署名とともに詩を寄稿した（本書第6章）。頭文字の署名は読者の好奇心をかきたて、話題性をつくり、詩人の評判を高めるのに貢献した。だがそこに、女性詩人が名を名乗ることへの不安がまったくなかったとは言えない。ロセッティもまた十代後半から二十代前半にかけて、匿名や筆名で、ラファエロ前派機関誌『芽生え』ほか、アニュアル文化を反映する文芸誌『花束――メリルボーンの庭から』（*The Bouquet from Marylebone Gardens*）などに詩や小説を寄せていた。[20] その後さらなる発表の機会を求めて、大手月刊誌『ブラックウッズ・マガジン』『フレイザーズ・マガジン』に手紙を書き、詩の掲載を打診した。[21] 女性は家庭の天使という価値観が浸透していた時代である。女性が公に作品を発表すれば才能の誇示と受け取られかねない、との懸念は、絶えずロセッティにつきまとっていた。十九歳の頃に書いた自伝的小説『モード』（死後出版）や、『花束』に寄稿した書簡体小説『家族の手紙』[22] 等に、その葛藤が描かれている。[23]

「小鬼の市」の姉妹は、小鬼たちと取引したい気持ちと、彼らを怖れる気持ちとの間で葛藤する。それはこのような女性詩人の思いを反映しているのかもしれない。しかし注意すべきは、後述するように小鬼の市が厳密な意味での「貨幣経済による市場」ではなく、「貨幣経済に見せかけた市場」であることだ。であるから、これまでの研究者が行った、「小鬼の市は文芸市場の比喩である」とする見方や、小鬼の市で果物と交換にローラが髪を与えたのは、女性が貨幣経済に参加すれば身体的に消費される(24)（性的に堕落する）危険を意味する、という解釈は、やや修正する必要がある。小鬼の市は文芸市場そのものの比喩というよりは、文芸市場に対する女性の憧れと怖れが作り出した幻影なのではないだろうか。

貨幣経済と真心の贈り物——金いろの多義性

姉妹のうちリジィは、小鬼の呼び売りを聞くと怯えて逃げだす。一方ローラは怖れよりも好奇心がまさり、小鬼に近づいてゆく。彼女が困惑しつつ、お金がないので買えないと告げると、彼らは言う、「金ならたくさんあるじゃないか　そらあんたの頭に」と。「金の巻き毛で買いな」と主張する小鬼たちは、小鬼の市があくまでも貨幣経済による市場だと見せかけている。その実、彼らが本当に果物と交換したいのは貨幣ではない。それに気づかないまま、ローラは自らの髪を与えてしまう——「真珠のような」清らかな涙をこぼして。小鬼は、これでお金を払ったことになる、と安心したローラに、たっぷりと果物を食べさせる。

小鬼は果物と交換に何が欲しかったのだろうか。それは取引以降のローラの様子で明らかになる。彼女にはもう小鬼の呼び売りの声も聞こえない。欲してやまない果物を見ることも、食べることもできない。日に日に弱り、死に向かってゆく。

日が高くのぼるほどに
ローラの髪は薄く白くなっていった
きれいな満月が朽ちてゆき
やがてその火を燃やしつくすように
ローラはやせて　弱っていった。　（二七六－八〇）

ローラの様子を目の当たりにしたリジィは、以前にも小鬼の果物を食べた後に衰弱死した乙女がいたことを思い出す。このままではローラの運命は避けようがない。つまり、小鬼が欲しかったのは乙女の「死」なのだ。

ランドンのロマンス詩「金いろの菫」において、富や名誉への欲望が真心の贈与とからんだとき、それは金いろで表象され、破壊と死をもたらした（本書第5章）。「小鬼の市」はロマンスと同様に「交換」をめぐる魔法の市場である。そこで金いろに富と真心が混同されるとき、やはりそれは危険をはらむ。ここで富と関連するのは（金の皿に載った）果物や貨幣代わりのローラの金髪である。真心とは、その髪に宿る、小鬼を信じたローラの純粋さだ。ローラの涙は、自身が払う犠牲の大きさを直感したことからこぼれたものなのだろう。小鬼の市が文芸市場だとすれば、女性がそこに全幅の信頼を置き、真心こめた作品を贈るならば報われる、と信じることには、死の危険が伴うのだ。

ゴブリン・マーケットの金と銀

小鬼の市は女性の命を奪う恐ろしい市場である。しかし「小鬼の市」は、そこに関わらないように生きることの大切さを説いた道徳訓話ではない。なぜなら、ローラの窮状を見かねて、彼女の命を救うために小鬼の市に出かけて行ったリジィをこのように描写するからだ。

やがてローラはいっそうやせ細り
いよいよ　死の扉をたたくのも間近にみえた
そうしたら　リジィはもう怖いなんて
言っていられない
銀の硬貨を財布に入れて
ローラにキスして飛び出した、ハリエニシダの木立を抜けて
荒野を横切り　夕暮れの川辺にやってきた
そして生まれてはじめて

自分の耳で聞き　自分の目で見るための一歩をふみだした。　（三二〇-二八）

小鬼に出会う前のローラとリジィの生活は自足していた。蜂蜜を採り、牛の乳をしぼり、家を掃除して、パンを焼き、家畜に餌をやり、縫物をし、夕暮れには小川に水を汲みに行く。その生活は、クリステヴァの言葉を借りるなら、古来より円環的に続く「女性の時間」に満たされていた。十九世紀に信奉された「進歩」や、停滞を打ち破る力、未来へ向かう「直線的な時間」とは対比されるものである。(25) 語り手はけっして「女性の時間」を否定するわけではない。しかしリジィがそこからはじめて「一歩ふみだした」ことを、勇気あることと積極的に評価するのである。

小鬼の市が見せかけの貨幣経済であることを露呈するのは、リジィが彼らに「銀の硬貨」を投げたときである。小鬼たちは銀貨を受け取っても果物を売ろうとしない。リジィは、彼らの「一緒に食べよう」という誘いに屈することなく、慎重に、かつ堂々と交渉する。

「ありがとう」とリジィ、「でもだめなの
ひとりぽっちでわたしの帰りを待つ子がいるから
だからおしゃべりしている時間はないの。
そんなにたくさんあるというのに
ひとつも売ってくれないのなら

さきほどお渡ししたあの銀貨は
どうか返してくださいな。」 ――（三八三―八九）

正論で返されたゴブリンは怒り、凶暴な本性をあらわす。リジィはいじめられ、果物を顔に押し付けられるが、けっして食べないよう口をむすぶ。最終的に小鬼たちが諦めたため、彼女は身体についた果肉と汁を持ち帰ることに成功する。そしてローラは、毒消しとして作用する果肉を吸うことで死から救われるのだった。

リジィが持っていたのが（金ではなく）銀貨であるのは、金いろの含意から貨幣や富の交換を切り離すためであろう。これにより金の含意は愛や信頼の贈与に限られることになる。ローラとリジィの姉妹が眠る場面では、金髪は互いに寄せる信頼のあかしである。

金いろの髪を寄せあって
ひとつ巣にこもる二羽の鳩のように
互いの翼に包まれて
とばりの陰に身を横たえる
ひとつ茎に咲く二輪の花のように
舞い降りたばかりの雪ふたひらのように

小さな金の飾りをのせた
王様の持つ　ふたつの象牙の錫杖《しゃくじょう》のように。　（一八四―九一）

リジィの愛情によって、死の淵から回復するローラを描いた場面では、金いろがローラの生命力の発露となる。

ふりみだす金の巻き毛が　踊って跳ねた
全速力のランナーが運ぶ松明のように　（五〇〇―〇一）

つまり、リジィの銀貨は、女性が文芸市場で堅実に取引できる知恵と能力を得たあかしであり、姉妹の金髪は、愛情、信頼、生命という「純粋な贈与」を表す。(26) 金と銀の記号が明確に再定義されたのである。
リジィが小鬼の攻撃を耐え抜いたとき、彼らは銀貨を投げ返し、どこへともなく去ってゆく。

とうとう邪悪な鬼たちは
リジィの抵抗に音をあげて
銀貨をぽんと投げかえし

くだもの蹴飛ばし　帰っていった
根っこいっぽん　種ひとつ　芽のひとつも残さずに。
地中深くにくねくねもぐりこんだり
きれいな輪っかのさざなみ残し
小川の流れに飛びこんだり
音もなく風にとびのったり
かなたに霞のように消えたりして　見えなくなった　（四三七−四六）

リジィは市場（の幻影）に参画し、貨幣取引を試みたことで、自分の怖れと向き合った。怖れを克服した時に、それを反映した妖精の市は消え去ったのである。小鬼が投げ返した銀貨を、リジィが勝利の喜びとともに持ち帰ることには大きな意義がある。彼女は今それを、幻影ではない本当の市場で、再び使用することができるのだ。

お財布のなかの銀貨が
ちゃりん　ちゃりんと音をたてる——
音楽のようにここちよいその響き。　（四五二−五四）

怖れを克服した時に
妖精の市は消え去った

一方リジィから愛と生の贈与を受けたローラは、彼女から救われた経験を物語にして、次世代の少女たちに受け渡す。世代を超えて贈与が次の贈与を生む、という繰り返しには、円環的に流れる「女性の時間」が息づく。

月日は流れ　年月がすぎて
のちに　ふたりの姉妹は
幼い子らのいる妻になった
母親らしい気づかいで
いとしい命と結ばれた毎日の暮らし。
ローラは　幼い子らを呼びあつめ
若き日々のことを語り聞かせた
……
母さんの姉さんが命がけで
炎のような毒消しを
持ち帰ってくれたことを　語り聞かせた
それから小さな手と手を重ねあわせて
けっして離れないでね、と言い聞かせた
（五四三―四九、五七―六一）

ランドンは贈答と消費の文芸市場に生きた詩人だった。その活躍は目覚ましいものだったが、名声を得た結果スキャンダルにも苦しみ、若くしてアフリカで命を落とした。ロセッティは先駆者としてのランドンに敬意をもちつつも、彼女のように生きることに警戒感も抱いていたのではないだろうか。ロセッティは詩人として立つことを願いながら、慎重に一歩ずつ自分の詩作品を売り込んでいた。大手文芸誌『マクミランズ・マガジン』に詩を寄稿し、徐々に名を高める一方で、「小鬼の市」とその他多くの詩に関しては、独立した詩集という形ではじめて公に刊行した。それによって、イラスト付月刊誌などで大衆に無闇に消費されたり、批評家に批判されたりする前に、自身の作品として守ることができた。そのような詩人としての冷静かつ積極的な戦略が、姉妹とゴブリンの遭遇とその顚末に描かれているのかもしれない。

この妖精物語には妹ローラを救う姉リジィの物語、つまり躓いた者を救う、女性版キリストとも言うべき女性の物語が織り込まれている。(27) コボルド、そしてランドンが交換のテーマをロセッティに手渡したように、語り部となったローラは、女性のための物語を「小さな手と手」に託したのだった――その手をけっして離すことなく、次世代へと受け継いでゆくように、との願いを込めて。

Dante Gabriel Rossetti のデザインによる木版画
『小鬼の市とその他の詩』（第二版、1865 年）より

第三部（番外編）　異世界／妖精の国へ

――ウォルター・スコットとロマンティック・バレエ

8. スコット作『ラマムアの花嫁』——泉の妖精のロマンス

歴史ロマンスの誕生

ウォルター・スコットは歴史小説の祖と呼ばれる。彼が小説という新天地に乗り出したのは、詩人として大成功をおさめた後のことだった。スコットの時代には、ゴシック小説、風俗小説、感傷小説等、様々な先行する小説ジャンルがあり、歴史書や旅行記の類も多く出版されていた。そのような状況下、彼は同時代の人びとに向けてどのように過去の物語を描いていこうかと思いをめぐらせた。スコットは冒険や魔法など超自然的要素を含む「騎士道ロマンス」を得意としていたが、「小説」は人びとの日常生活に根差した出来事を描くものという認識を、当時の人々と共有していた。そして彼のとった方法は、このふたつのジャンルを果敢に組みあわせてゆくことだった。スコット自身、自分の作品はジェイン・オースティンの小説にみられるような、日常を細やかに描く「写実主義」と、旧時代の「ロマンス」の伝統を融合したものと述べている。(1) 彼はこの融合によって、過去に生きた人間とその風俗を生き生きと蘇らせようとした。[2]

スコットの小説の数々は当初匿名で出版され、一八一四年発表の第一作の題名にちなみ「ウェイヴァリー叢書」と総称されるようになった。ウェイヴァリー叢書はヨーロッパ中で大好評を博し、作者は「ウェイヴァリーの著者」、「正体不明の大作家」、ロマンスを描く巧みな筆づかいから「北の魔法使い」と呼ばれた。[3] その叢書のひとつが、一八一九年発表の悲劇『ラマムアの花嫁』（以下『花嫁』と記す）である。[4]

『花嫁』の語り手は、絵画を描くように伝承を語る、と読者に告げる。物語の大枠は主人公の探求の旅であり、妖精や先祖の霊、予言や迷信等の超自然的事象に満ちている。超自然に関して米本弘一は興味深い指摘をした。彼は、『花嫁』においては現実世界と超自然的な非合理世界とが並行的に描かれる、と述べる。そして「この二つの世界は……互いに密接な関係を保つ」ものの、「非合理的なものから成る世界は、決して直接には現実の世界に介入することはない」と指摘する。非合理的な世界は象徴的な意味をもち、「物語に奥行きを与えている」という。[5] この論は多くの示唆に富む。しかし私は、『花嫁』はふたつの世界を並行的に描くというよりも、ひとつの世界に織り込んでいると考える。超自然的事象は「現実に介入しない」のではなく、そこに合理的な説明が加えられることで、むしろ現実世界に重ねられる。[6] それらは史実（主人公たちにとっての運命）を味方につけて読者を引き込んでゆく。そのとき運命に抵抗する主人公たちとの相克が生まれ、やがて超自然は史実に変更を加え、現実世界を支配する。

ジェローム・マッガンはスコットの小説を「ロマン派のポストモダン」と呼ぶ。未知のジャンルを開拓する彼の作品が、「読者を物語全体の仕掛けについて意識的に考えるように導く」からだ。(7) ではスコットは『花嫁』においてどのような仕掛けを施すことで、この自己言及的な歴史ロマンスを創出したのだろうか。以下超自然の力に注目しつつ、『花嫁』における語りと伝承の形式、運命（史実・絵画・超自然）と写実の相克について考察し、最後にロマンスが再構築される仕組みを論じていきたい。

重層的な語りと伝承

『花嫁』の語りは重層的である。作者スコットによる小説に、ピーター・パティソンなる架空の人物が一人称の語り手として登場する。その語り手の物語に、さらにいくつかの伝承が挿入されるという構造だ。スコットはウェイヴァリー叢書『大全集』版刊行のさいに、『花嫁』に序文を追加した（一八三〇年）。それによるとパティソンの語る物語は、スコットが大叔母から聞いた実話であるという。出来事が起こった正確な日付もわかっている。従来のロマンスにも、語り手（歌い手）が伝承を語るという形式はみられた。スコットはそれを一歩進めて、その伝承が歴史的に確証できるものと明言する。

スコットの説明によると、『花嫁』におけるアシュトン家当主夫妻のモデルは、十七世紀実在

語り手の物語にいくつかの伝承が
挿入される

の法律家ジェイムズ・ダルリンプルとその妻マーガレットだ。ふたりの娘ジャネット（『花嫁』ヒロイン、ルーシーのモデル）は、ダルリンプル家と対立関係にあるラザフォード卿（エドガー・レイヴンズウッドのモデル）と恋に落ちて秘密の婚約をする。やがてその婚約は両親の知るところとなる。心理的、物理的な妨害をする母親に圧倒されて、ジャネットは愛の誓いを翻してしまう。ラザフォード卿は彼女の置かれた状況を理解しないまま、激しい罵りの言葉を残して去っていく。別の人物に嫁ぐことを強制されたジャネットは静かに婚礼の日を迎える（一六六九年）。しかしその晩新婚の部屋から恐ろしい叫び声が聞こえてくる。人々が急ぎ駆けつけると、おびただしい血を流した花婿が倒れている。花嫁は炉辺の隅で下着姿のまま、返り血を浴びてうずくまっていた。自分が見られているのに気づくとにやりと笑い、「ほら花婿さんを連れていきな」（"Tak up your bonny bridegroom" スコットランド英語）と言ったという。正気を失った花嫁はその後ほどなくして世を去り、怪我から生還した花婿は数年後に落馬事故で命を落とした。ラザフォード卿は外国に行ったまま戻ることなく、異国で亡くなった（一六八五年）。

スコットは、この話は他にもいくつかの記録があると述べ、『花嫁』の史実性を強調する。なお、小説における年代設定は、「連合法」によりスコットランドとイングランドが合邦された一七〇七年前後に変更されている。史実よりもやや後の時代に設定することで、イングランド寄りの「理性的で合理的」な価値観（ウィッグ党）が、スコットランドの封建的な伝統とスチュアート王家支持（トーリー党）に対して優勢になってゆく時期に、後者代表のレイヴンズウッド家が前者代表のアシュトン家に滅ぼされる様子が浮かび上がる。

物語の史実性は、『花嫁』初版刊行時から暗示されていた。『花嫁』は物書きのパティソンが、友人の画家ディック・ティントのスケッチをもとにして、散文にまとめた物語という設定である。[8] ティントはかつてラマムアの古城を訪ねた際に、地元の人から伝え聞いた城の歴史をスケッチやメモ書きにおさめていた。彼はパティソンに対し、ロマンスにおいては出来事や場面を、眼前で起こっているかのように的確に描くことが大事であり、その点でロマンスと絵画は同じだと自説を述べる。彼にとってロマンスにおける言葉は、絵画における色であった。ティントの死後友を懐かしんだパティソンは、その遺作から彼の言う「絵画としての物語」をまとめようと思いたつ。こうして生まれたのが『花嫁』であるという（第一章）。この設定があるため、読者は物語を読みながら、たえずそれが史実であることを、そして物語と絵画との結びつきを、意識することになる。主人公たちは歴史画の人物のように、額縁に囲まれたキャンバスの中で役割をあたえられるのだ。この設定はまた、『花嫁』が歴史ロマンスを書くことについて自己言及した小説であることを告げている。

パティソンを語り手とする物語がいよいよ始まるのは、第二章からだ。物語は「史実」をほぼ忠実になぞってゆく。主人公のひとりは名門氏族の跡継ぎ、青年エドガーである。レイヴンズウッド家はスコットランドの歴史の表舞台で数々の功績を上げていた。しかし名誉革命で王位を追われたジェイムズ二世の側を支持していたため、その後の内乱で失脚する。エドガーは今も「若

歴史ロマンスを書くことについて
自己言及した小説

殿」と呼ばれているが、家は父の代で貴族の称号を失った。父亡き今、唯一財産として遺された断崖上の砦「狼が岩」（Wolf's Crag）で孤独に暮らす。一方新興勢力のアシュトン家当主は、弁護士としての才覚を生かし「国璽尚書《こくじしょうしょ》」の地位に上りつめた。物語はレイヴンズウッド家と、この家の城と領地を「法律」の名のもとに奪ったアシュトン家という、敵同士の家に生まれた男女の、『ロミオとジュリエット』を彷彿とさせる悲恋をめぐって進んでゆく。

　ロマンスにおいては通常、主人公の探求の旅が描かれ、その過程で彼は様々な価値ある品、名誉、貴婦人の愛を獲得する。しかし『花嫁』において、私たちのロマンスへの期待は次々と裏切られる。エドガーは先祖の領地を取り戻すべく奔走するが、その企ては失敗する。フランスで従事した秘密のミッション（おそらくジャコバイト蜂起の初期の試み）も完結しない。敵の娘であるルーシーと婚約し、新しい社会を受け入れようという彼なりの模索も挫折する。封建制の時代に活躍し、騎士道精神と武勲を重んじた名家が、社会体制の変化にともない没落し、名誉は回復されない。ロマンスを彩る「騎士」であるはずの主人公が、有意義な行動を起こせないまま滅びてゆく。そしてヒーローに救われるはずのヒロインは、むしろ彼によって滅ぼされる。

　パティソンの語る物語のなかには、エドガーの先祖に関するふたつの伝説が挿入されている。ひとつは中世に生きた復讐鬼マリシウスの伝承である。マリシウスは十三世紀レイヴンズウッド家の当主だったが、当時の権力者によって城と土地を奪われ、復讐の機会をうかがっていた。ある晩給仕に扮装した彼は、部下とともに城への潜入に成功する。宴が始まると「この時を待っていたぞ」と叫び、古来より死の象徴とされる雄牛の頭部をテーブルの上に置いた。それを合図として城の当主らが皆殺しにされたという。先祖マリシウスと同様にエドガーもまた、城を奪ったアシュトン家への恨みをもつ点で、伝説は現実世界と照応する。マリシウスの肖像画と、雄牛の頭部をかたどり「時節を待つ」との銘が刻まれたレイヴンズウッド家の紋章[9]は、今も城に残されている。それらは、城の現所有者であるアシュトン家の人々が時折胸騒ぎをおぼえる原因となっている（第三章）。

伝説の不吉な含意が表面化するのは、ウィリアム・アシュトンが娘のルーシーとともにレイヴンズウッドの旧領地を散策する場面である。ふたりは突然野生の雄牛に襲われる。間一髪のところで彼らを救ったのは、偶然通りかかったエドガーだった。それが恋人たちの出会いである（第五章）。父娘が襲われるのは、死者マリシウスの呪いだろうか。雄牛は復讐の化身なのか。だが彼らは、ほかならぬマリシウスの子孫に救われた。復讐という旧時代の発想は現代の若者の心から消え、家同士の不和も解消するのではないか、という希望も感じさせる。

もうひとつの伝承は、妖精の登場する物語である。レイヴンズウッドの旧領地には泉の祠《ほこら》の廃墟がある。伝説によると、その昔、狩りをしていたレイヴンズウッド家の殿レイモンドが、泉のほとりで美しい娘（妖精）と出会ったという。ふたりは恋に落ちるが、娘と会えるのは週に一度金曜日だけで、晩鐘の鐘が別れの合図だった。娘は男を罠にかける悪魔の遣いである、と神父から警告を受けたレイモンドは、彼女をだまして正体を暴こうとする。恋人から疑われた娘は、絶望して泉に身を投げる。娘が沈んだあとには、血で真っ赤に染まった泡が立ち上ってきた。娘を裏切ったことを悔やみ日々を送ったレイモンドは、その後フロッデンの戦い（一五一三年）で命を落とした（第五章）。

エドガーの先祖マリシウスとレイモンドの伝承は、死者の呪いや妖精という超自然的要素を含む。しかしこれらの物語はうまく現実世界に馴染んでもいる。私たち読者はすでに、『花嫁』の物語が史実にもとづくことをスコットから、次にパティソンから聞いている。そのためパティソンの語りがさらに昔の物語を紹介するとき、「この伝承も同じく史実に基づいているのだろう」と類推する。(10) パティソンによる伝承研究的な注釈も、読者の信頼をつなぐことにひと役買っている。彼によると、泉の妖精の伝説は「古代の異教の神話が由来であろうとの推測もある」。また、「レイヴンズウッド卿の先祖の恋人だった身分の低い娘が、彼に嫉妬された末に殺された実話にもとづく、という説もある」（第五章）。(11) 妖精は実在の人間であった可能性が伝えられるのだ。

この妖精はルーシーと重なりあう。雄牛に襲われて気を失ったルーシーを、エドガーは抱きかかえ、泉のほとりに運ぶ。

悲しい伝説の水の精《ニンフ》のように美しく、蒼ざめた乙女は、祠の廃墟に背をもたせ横たわっていた。華奢な肩にかかるマントから、意識を取り戻させようと殿（エドガー）が注いだ泉の滴がしたたり落ちている。（第五章）

私たちはルーシーについての史実を知っているため、恋人から不実と疑われることになる彼女と、恋人に悪魔の遣いと疑われた妖精とがいっそう一致して見えてくる。

小説『花嫁』は史実を語ると称する。それが、小説内の伝承も史実であるという類推を呼ぶ。さらにそれらの伝承が小説の登場人物の先祖や土地にちなむため、現実世界との歴史的つながりが示唆される。超自然の要素を含む伝説は、私たちの非現実に対する疑いをたくみに遠ざけ、現実世界に織り込まれてゆくのである。

運命への抵抗――史実、絵画、超自然

物語の登場人物は、読者の視点から見れば、史実という名の運命に囚われている。その運命は、パティソンの提示した絵画のイメージによって補強される。主人公たちは額縁に囲まれたキャンバスの中に生きる。妖精の伝説や予言などの超自然的要素も、史実を味方につけて彼らをますます拘束してゆく。

運命は変えることができない。だからといって、語り手が物語を史実通りに淡々と語れば、登場人物は心をもたない操り人形になってしまうだろう。しかしスコットは、彼らを悩み、考える人間として描く。そのとき主人公たちと、彼らを額縁の中に固定しようとする力との相克が生じ

主人公たちは額縁に囲まれた
キャンバスの中に生きる

る。その相克は、未来を切り開こうともがく人間を描く「写実」と、過去の人間を描く「歴史」とのせめぎあいである。そもそも、語り手のパティソンは「ロマンスは絵画的であるべき」とするティントの意見に、全面的に賛成しているわけではなかった。彼は友から見せられたスケッチの場面を言い当てることができず、困惑することもあった。絵画では描き切れない人間の内面があると感じていた。物語を書き始めるにあたっても、その思いは拭い去ることができなかった（第一章）。それは、『花嫁』の主人公たちが史実としておさめられることに抵抗する布石となっていた。

　絵画のイメージは「復讐」の運命を印象づける。エドガーの父の葬儀が、レイヴンズウッド家伝統の監督教会（Episcopal Church）の形式で執り行われていた際のことである。突然、国璽尚書ウィリアム・アシュトンに派遣された役人が踏み込んで、長老派教会以外の葬儀は禁止であると言い渡す。エドガーと親類の男たちが一斉に剣を抜き、役人と対峙する一瞬は、「画家の絵筆で描くのにふさわしい」緊迫感あふれる場面であった、と語り手は述べる。厳かな弔いの儀を汚されたと憤るエドガーは、一同の前で新勢力への復讐を雄弁に誓うのだった（第二章）。

　しかしその後、ウィリアムの娘ルーシーへの思いが高まるにつれて、彼の心境は変化し、憎しみが和らいでゆく。ある肖像画のエピソードに、その変化が描かれている。ルーシーの幼い弟ヘンリーは、はじめてエドガーと対面し、極端に怯えてしまう。エドガーが前述の先祖マリシウス・レイヴンズウッドの肖像画に生き写しだったからだ。ヘンリーは城の中でその肖像画を見かけ、復讐の伝説も聞き知っていたのである。少年は、エドガーもまた、城に住む者を殺しに来たと思い込んでしまう。彼の直感のように、マリシウスと瓜二つのエドガーは先祖の生まれ変わりであり、復讐は彼の運命かもしれない。しかし別の見方をすれば、エドガーはいわば絵画の額の中から抜けだして、今ここに生きている。それゆえ先祖と同じ道を通るとは限らない。ヘンリーの後から入ってきたルーシーを見つめるエドガーの心の動きは、そうした希望を感じさせる。

繊細な額に金色の巻き毛がふわりとかかっている。重い乗馬服から解放されて、空色の絹のドレスをまとった姿は、軽やかな空気の精《シルフ》のようだ。優雅な身のこなしとほほ笑みを見ていると、心に立ち込めていた暗い想いが晴れていくのを感じ、ほかならぬ彼自身が驚いていた。……ルーシー・アシュトンは、ひととき粗野な世界で住まうべく、地上に降りた天使のようだった。（第十八章）

恋人たちの愛情がふたりの運命を変えるのではないかという期待が高まる。エドガー・レイヴンズウッドは、復讐というタイトルのもとに描かれた絵画から抜けだし、新しい時代を生きようとしているように見えるのだ。

運命に相反するように、自由に行動しはじめる主人公たち。そんな彼らを繰り返し史実に引き戻すのが、物語に散りばめられた超自然の要素だ。その例に「予言」がある。「アリス婆や」はレイヴンズウッドの領地に住む老婦人である。彼女はロマンスにおける予言者の役割を担い、他の登場人物に警告をあたえる。ウィリアムには熱き血をもつレイヴンズウッドに注意せよと忠告し、ルーシーとエドガーには、ふたりは一緒にいてはいけないと諭す（第四、十九章）。先を見通すような彼女の言葉に彼らは驚き、あるときは従い、あるときは抵抗する。アリスは魔法の力をもつわけではない。土地に古くから住み、多くの出来事を見聞しているために智慧があり、物事の深層を見抜くことができるのだ。ここでも予言という超自然と見える事象が合理的に説明されているため、私たちはアリスに対して信頼をよせる。そして彼女の予言が、自分が知る恋人たちの運命と合致しているために、彼女と同じ目線で彼らを見るのである。

もうひとつの予言の例は、土地に古来より伝わるという「詩人《うたよみ》トマス」のものである。(12) ある日忠実な老僕ケイレブが、自分の心に留めておいた不吉な予言を、主人のエドガーに打ち明ける。

レイヴンズウッド家最後の者が　死せる乙女を花嫁にせんと
レイヴンズウッドの城に赴けば
ケルピーの入り江に馬が立ち往生し
彼の名は永遠に失われるであろう

ケルピーの入り江は危険な流砂があることで知られ、時折人が命を落とす事故が起きていた。エドガーはこの予言を迷信として一笑に付すが、ケイレブの不安は消えない（第十八章）。トマスの予言は、エドガーの暗い未来を占っている。だが史実によると、エドガーのモデルであるラザフォード卿は、外国に行ってそこで亡くなったはずである。ルーシーのモデル、ジャネットは花嫁になってまもなく死んだ。では「死せる乙女」とはルーシーのことだろうか。すでに死んだ乙女を「花嫁に」するとはどういうことだろうか。このような疑問が、私たち読者の心に浮かぶ。しかし物語はこれまでに、信頼できる予言を何度も提示しているため、私たちはトマスの予言には何らかの真実があると直感するのだ。読者は登場人物の未来を知っている。それゆえ物語を外側から眺めつつ、アリスやトマスら予言者と同じ立場に立つ。ロマンスの読者は史実を味方につけた超自然の存在と同一化し、そこに取り込まれてゆくのである。

「運命」に抗う恋人たち、彼らを史実に引き戻す超自然――この相克がさらに明確になるのは、ふたりが秘密の婚約を交わす第二十章である。舞台は再び妖精の泉。ルーシーは野の花が生い茂る祠の廃墟に腰をおろし、ここに伝わる妖精伝説を思い出して、「ロマンスの一場面のような場所ね」とつぶやく。(13) 情熱にかられた恋人たちは愛を誓う。誓いのしるしに半分に割った金片を交わす。(14) だがふたりは今後のことを語りあううちに口論になる。エドガーは愛のために「高い代償を払った」と主張する。代償とは、アシュトン家への復讐を諦め、レイヴンズウッド家の名誉を放棄したことである。ルーシーは彼の言葉を「残酷」と非難し、「それほどまでに家の名誉が大事ならば、愛の誓いは取り消してください」と答える。エドガーは一歩も引かず、言いつのる。

あなたの愛を得た代償のことを言ったのは、この愛が私にとってどんなに大切かを示すためなのだ。それを示すことで、ふたりの誓いを絶対的なものにしたい。私がこれほど高い代償を払ったのだから、もしもあなたが誓いを破るようなことがあれば、私がどんなに傷つくかを知ってほしいのです。

ルーシーは彼の威圧的な態度に対し、「私や父への当てつけなのですか」と言い返す。ルーシーが抵抗しているのは、エドガーの心にひそむ彼女への疑いである。騎士道ロマンスの世界では女性の愛が至高の報酬であり、騎士は万難を排してもそれを獲得しようとする。ところがエドガーにとってはそうではない。ルーシーが裏切る可能性に言及することで、彼はルーシーの愛の価値を下げている。穏やかなルーシーがエドガーに猛反発するこの場面は、不当な要求を行う男性に対する女性の抵抗である。そしてまた、疑われて死ぬという運命（史実）に対する登場人物の抵抗でもある。ルーシーの声には、やはり同じように疑われ、死んでいった泉の妖精の声が重なる。

やがて彼らが泉を立ち去る際、決定的に不吉な出来事が起こる。ふたりの目の前で、大鴉（raven）が何者かによって撃ち落とされたのだ。死んだ大鴉は家の名との一致からみて、エドガー・レイヴンズウッド（Ravenswood）の行く末の暗喩であろう。そしてその血でルーシーのドレ

妖精の泉にて　レイヴンズウッドとルーシー
"Ravenswood and Lucy at Mermaiden's Well"
by Charles Robert Leslie
(engraver: James Davis Cooper)

死んだ鳥の黒い影、金のかけら、
血に染まった衣装

スが汚れるのは、やはり禍の予兆なのだろう。死んだ鳥の黒い影、金のかけら、血に染まった衣装。ロマンスを生きる恋人たちを描くキャンバスに、不吉な色がひとつ、またひとつと塗り重ねられる。絵画から抜けだし運命に抵抗した者が、絵の中（史実）に引き戻されてゆく。史実を味方にして不吉な予兆を投げかけてきた超自然が、その史実をついに支配下におさめつつある。大鴉を射抜いた矢は、トマスの予言がぼんやりと暗示していたエドガーの悲劇的最期を、今や明確に告げている。

ロマンスの再構築

やがてエドガーは秘密のミッションのためフランスに渡る。これ以降、スコットが序文で語る史実をなぞり、急速に筋が進行する。娘を資産家と結婚させたいアシュトン夫人は、ルーシーを監禁状態にする。(15) エドガーからの手紙をルーシーに渡さず燃やしてしまう。ルーシーは心身ともに追い詰められ、正気を失ってゆく。意に染まぬ結婚を強要され、震える手で証書に署名を終えようとするその瞬間、急ぎ馬を駆ってきたエドガーが入ってくる。彼はやっと外国から戻ったのだ（第三十二章）。

ルーシー、その母、エドガーが対峙する緊迫した場面は、第一章で画家ティントが語り手のパティソンに見せていた絵の再現である。パティソンはここで自分の語りに介入し、「結婚証書を見た」と証言して、物語の史実性を再び強調する。

私自身、実際にその致命的な証書を見た。最初の頁では、ルーシー・アシュトンの署名にそれほど乱れた筆跡は見られなかった。しかし最後の署名は不完全で、汚れていて、インクのしみが落ちていた。……というのもまさにそれを書いているときに、急ぎ駆けてくる馬の蹄の音を聞いたからだ。

部屋に入ってきたエドガーの姿は、絵画ならぬ彫像のように描かれる。彼はルーシーが不実であったと思い込み、衝撃を受けている。

彼は死から蘇った亡霊のようだった……深い悲しみと憤りの混じった表情を浮かべていた。暗黒色のマントは片方の肩から落ちて、片方に重い襞を作り垂れ下がっていた。馬を駆ってきたために乱れ、汚れた身なりで、脇には剣を、ベルトにはピストルをさしていた。入り口で脱ぐこともしなかった帽子は縁が下がり、暗い容姿にいっそう濃い影を落としている。悲しみと長い病気のために幽霊のようにやつれた頬は、もともと厳しく野性味のある表情にさらに凄味をあたえていた。帽子の下からこぼれる、もつれて乱れた髪、じっと動かないその姿は、生きた人間というよりも、大理石の胸像のように見えた。

超自然が現実世界を乗っとり
史実から解放してゆく

絵画と彫像のイメージは、史実／運命に囚われて身動きできない恋人たちの姿をひときわ印象づける。

ルーシーはその夜、狂気の果てに花婿を刺したところを発見される。その際に発する言葉「花婿さんを連れに来たのかい」は、スコットが序文で紹介した実話の花嫁の言葉とほぼ同一である。ルーシーが発するはじめての土地の言葉だ。彼女はほどなくして世を去る。運命に抵抗していたルーシーも、スコットランドの一地方の「史実」に同化し、滅んでいった。

しかしここから『花嫁』は急展開を迎える。これまで超自然的事象は、史実と歩調を合わせて主人公たちを囚われの身にしてきた。しかし物語が終盤に近づくにつれ、現実世界を乗っとりはじめる。そしてついには、彼らを史実から解放してゆくのである――悲劇的なかたちで。

ルーシーが最期まで自分を愛していたことを知り、不実と疑ったことを後悔するエドガーは、彼女の葬儀にひそかに参列する。しかしそこでルーシーの兄に見つかり、決闘を申し込まれる。決闘前夜一睡もしなかったエドガーは、夜明けに判断力を失ったまま馬を走らせ、危険な道に入ってしまう。彼は流砂に呑まれて永遠に姿を消してしまった。これは、詩人トマスの予言が成就したことを意味する。予言通りエドガーは「レイヴンズウッド家最後の者」になった。彼の死とともに封建時代の名家は滅亡し、スコットランドの古い世界も消滅した。このようなエドガーの最期は、史実に変更を加えたものだ。

トマスの予言には、「彼の名は永遠に失われるであろう」という文言もあった。これは何を意味するのだろうか。史実とは基本的に、歴史上の名前をもつ人物たちの物語である。しかし物語の主人公たちの名前は最終的に失われてしまう。泉の伝説において、恋人のレイモンドに悪魔の遣いと疑われて死んだ娘の名前は、今日に伝わらない。だから彼女の物語はあくまでも「史実」ではなく「伝承」なのだ。娘と同じく恋人に疑われるルーシーの名も消えてゆく。彼女の結婚証書への署名は、最後に判読不明となっていた。決闘の前夜居城の「狼が岩」に戻り、「**彼女**がいつか一晩眠った部屋で過ごしたい」と言うエドガーに、「殿、彼女とはいったいどなたのことで？」と従僕のケイレブが怯えながら問いかける。すると彼は、大変な剣幕でこう叫ぶ。

「**彼女のことだ**、ルーシー・アシュトンだ！　いいかお前、その名を二度と俺に繰り返させるな！」

（第三十五章、強調は原文のまま）

エドガーは悔悟の念に苛まれるあまり、ルーシーの名を口にするのも辛いのだろう。しかし彼はそのために彼女の名前を抹消してしまう。

城に飾られていたエドガーの先祖マリシウスの肖像画は、アシュトン家ゆかりの肖像画に取って代わられた。彼の名もやがて人びとの記憶から遠く離れてしまう。そしてエドガーも、ルーシ

彼にはもう名前がない
殺人者という以外には

ーが死んだ時から名前を失った。ルーシーの葬儀に列席していたとき、彼女の兄に「おまえはレイヴンズウッドの若殿だな」と問いただされ、何も答えられない。さらに「俺の妹を殺した奴だろう！」と詰め寄られると、震える乾いた声で「それこそが私の名前だ」と答えるのだった。彼にはもう名前がないのだ、殺人者という以外には。エドガーが流砂に消える瞬間は、ルーシーの兄によって目撃される。

彼はまるで空中に溶けてしまうかのように消え去った。……まるで亡霊のように。急いでその場所に到達すると、反対側からケイレブも駆けつけていたが、馬の痕跡も、乗り手の痕跡も、何ひとつ見つけることができなかった。……ただ乗り手の帽子から落ちた大きな黒い羽根飾りだけが、打ち寄せる波に運ばれてケイレブの足元に届いた。老執事はそれを手に取り、乾かして、胸にしまった。（第三十五章）

語り手はもはやエドガーの名を語らない。黒い羽根飾りだけが「馬の乗り手」の遺したものだ。名前を失った人びとは歴史から消えてゆく。彼らはどこへ行くのだろうか。現実世界のヒーローはヒロインを死に追いやったことで、皮肉なことに、もはや彼自身望んでいなかった敵の家への復讐を果たした。彼は愛を失い滅んでいった。しかし超自然の世界には、復讐と愛の両方をかなえる者がいる。遠い昔にレイモンドに裏切られた、伝説の妖精だ。彼女が泉に消えたように、彼の子孫も流砂に消えた。伝承は反転した形で現実に再現された（過去に恋人に裏切られた娘が消え、現在に恋人を裏切った若者が消える）。パティソンの語りに「挿入」されていた妖精譚が、時空を越えて現実世界に介入しているのである。

このとき、「死せる乙女を花嫁に」するという、詩人トマスの予言の意味が浮かびあがる。物語のヒーローは先祖の身代わりとなり、泉に消えて死んだ娘を花嫁にするために、現実から非現実世界へと連れ去られたのだ。語り手パティソンは、アシュトン夫人の名前と功績が大理石に刻まれたことを記して物語を終える。大理石の記念碑は、夫人が歴史に名を残したことの証だ。それは主人公たちが史実から痕跡を消したこととの対比を際立たせる。

『花嫁』の恋人たちは異世界へ旅立った。史実を語る物語が、超自然と妖精が支配するロマンスとして再構築されたのである。(16)

9.『ラ・シルフィード』と妖精譚『トリルビー』

――境界に住むものたち

一八三〇年から四〇年代のフランス、そしてイギリスで、「ロマンティック・バレエ」という芸術のジャンルが花開いた。ほの暗い舞台、ガス灯のもとに青白く浮かび上がる、バレリーナたち[1]のふわりとした薄紗の衣装（チュチュ）。その印象から「白いバレエ（バレエ・ブラン）」とも呼ばれる。それは十九世紀後半にロシアで成立した「クラシック・バレエ」よりも先に、ロマン派の時代に生まれた舞踊であった。現在私たちが親しんでいるバレエの源流とも言えるもので、ロマン派文学との影響関係が深い。バレエを愛し、台本も書いた同時代作家テオフィル・ゴーティエは、「バレエは何よりもまず詩を本質とし、現実よりもむしろ夢想から生じる……詩人の夢を真剣に受けとめたもの」と書き記している。[2] ロマンティック・バレエのルーツはパリ・オペラ座にあり、振付師やダンサーのほとんどはイタリア人かフランス人だった。ロンドンではコヴェント・ガーデンやハー・マジェスティーズ劇場などが、数多の舞台の上演機会を大陸の舞踊家たちに与え、バレエの発展に大きな貢献をした。バレエはその物語世界も、舞台に関わる人々も、異国情緒にあふれていた。(3)

本章ではロマンティック・バレエ、とくにこのジャンルを確立したとされる演目『ラ・シルフィード』をとりあげ、その原作であるシャルル・ノディエによる短編『アーガイルの妖精トリルビー』(以下『トリルビー』)との関連に注目する。両者に登場する妖精の描き方を探ることで、ロマンティック・バレエと文学における接点である「境界に住むもの」の表象の一端を、明らかにしていきたい。(4)

『ラ・シルフィード』——人間に恋する妖精

『ラ・シルフィード』は人間と妖精との恋物語である。イタリア人のフィリッポ・タリオーニが振り付け、その娘マリー・タリオーニが妖精を踊り、パリ・オペラ座で一八三二年に初演された。この演目はマリーの清楚な魅力と高い技術を引き出し、シュナイツホーファの音楽、シセリの美術、ウジェーヌ・ラミ(チュチュの考案者)の独創的な衣装も相まって、総合芸術として高い完成度に達した。大成功を博した『ラ・シルフィード』はその後のバレエの模範となり、『ジゼル』、『ラ・ペリ』、『オンディーヌ』など、超自然界からやってきた空・湖・海・森の妖精や精霊が登場するロマンティック・バレエの演目が、次々に上演されるようになった。

舞台はスコットランドの農村、青年ジェイムズと許嫁エフィとの結婚式が行われる日の朝。椅子でまどろむジェイムズに、空気の精シルフィードが寄り添う場面で始まる。繊細な花輪で髪を飾り、背には小さな二枚の羽、夢幻的な白いチュチュを身にまとった妖精が、ポワント（つま先）で宙を滑るように舞う。妖精はジェイムズを愛していた。やがて恋心を抑えられないシルフィードが彼の額にくちづけをすると、彼はその気配に目を覚ます。しかしあたりを見回して探しても、妖精の姿は見えない。その隙にシルフィードは、異界への入口のような暖炉に入り込み、煙突を通ってどこかへ消えてしまう。シルフィードはジェイムズの夢だったのか、それとも現実に存在していたのだろうか。

妖精は現実と非現実、覚醒と夢、地上と空中の間を行き来し、その境界領域に住んでいる。暖炉を通ることから、家や火を守り、人間を庇護する存在であることが示唆されてもいよう。彼女が現実のものか、そうでないのかは、この後も舞台全体をとおして、どちらとも取れるように表現されている。

たとえば、婚礼準備のため家を訪れたエフィや友人たちが一旦退出し、一人きりになったジェイムズのもとに、再びシルフィードがやってくる場面である。外は暗くなり、冒頭でジェイムズがまどろんでいた時の椅子が再び舞台に置かれている。彼と妖精は椅子をはさんで踊り、互いへの思いを伝えあう。それは、ジェイムズがここでも実は眠りに落ちていて、シルフィードは彼の

花輪で髪を飾り、背には小さな二枚の羽

夢の中の存在であることを示唆している。

シルフィードの姿は、ジェイムズ以外の人々には見えない。(5) 結婚式がはじまり、エフィや友人たちが華やかに踊る最中にも、ジェイムズはふとシルフィードの幻影を見て立ちすくむ。皆はそんな彼の姿をいぶかしむ。エフィに心配されて、気をとり直したジェイムズが彼女の手をとり踊り始めると、またもシルフィードの幻影が現れる。ジェイムズの気をひきたいシルフィード、二人の女性の間で揺れ動くジェイムズ、彼の上の空な様子にただならぬ不安を抱くエフィ。三者で踊るパ・ド・トロワは、夢と現実を行き来することの危うさを映し出す。(6) 踊りが終わり、結婚への不安を隠しきれないジェイムズが佇んでいると、シルフィードは彼の結婚指輪をすばやく奪い、森へ帰ってしまう。彼は妖精を追って家を飛び出してゆく。妖精の姿が見えないエフィや友人たちには、ジェイムズに何が起こったのかまったく理解できない。彼は夢の世界へと永遠に旅立ってしまったのだろうか。

境界を浮遊するバレリーナ

夢と現実を行き来する妖精の浮遊感を醸し出す要因のひとつが、バレリーナのポワント・ワーク（つま先立ちの舞）である。この技術は、もともと十九世紀初頭にミラノを中心に発達し、男性と女性によるアクロバティックな舞として披露されていた。それを力強い妙技というよりも、いわゆる「女性らしい」柔らかさを際立たせるスタイルにしてみせたのが、『ラ・シルフィード』のマリー・タリオーニだった。[7] バレリーナは地上で踊るのだが、ポワント・ワークの効果で、その足元や体は、まるで空中に浮くかのような錯覚を起こさせる。超自然界から地上に舞い降りた妖精の浮遊感が表現される。一見軽やかに見えて、実は強い筋力を必要とするため、タリオーニは過酷で地道な訓練を受けてこの技術を習得したのだった。

ポワント・ワークのほかにも、境界領域に住む妖精の特質と呼応するものがあった。それはバレリーナという存在の多義性だ。観客は舞台で踊るタリオーニを、天使のように純真な、（当時の）女性の理想像として、憧れのまなざしで見つめていた。しかし同時に、バレリーナには重層的なイメージがつきまとい、その理想が簡単に崩れ去る危険もあったのである。

舞踊は身体とその動きを見せる芸能であるため、バレリーナという生業は批判にさらされやすいものだった。女性の住む領域は家庭であると考えられていた当時、公衆の面前で踊ることは、「公的な女性」（娼婦）を思い起こさせるという一面があった。事実オペラ座では、定期会員（abonnés）が特権的に入ることのできる、上演前のバレリーナの稽古場「フォワイエ・ド・ラ・ダンス」（foyer de la dance）が設置されていた。エドガー・ドガの絵画にも描かれているそこは、上流社会の男たちがバレリーナと直に出会う場所だった。そこで彼らは品定めをし、お気に入りの娘を愛人としてパトロンになる契約をするのだった。[8] ロンドンのキングズ劇場では楽屋（Green Room）が、やはりそうした出会いの場所であった。[9]

観客は舞台で踊るバレリーナを憧れのまなざしで見つめた

階級という点においても、バレリーナたちは境界を行き来していた。オペラ座舞踊学校の生徒たちは貧しい家の出身であることが多く、十六歳でプロのダンサーとしてデビューしても、裕福な保護者との愛人契約が結ばれない限り、生活は苦しかった。(10) その一方で、花形バレリーナは人気歌手ジェニー・リンドや、大女優エレン・テリーと同じくらい——タリオーニの場合はそれ以上に——人びとの憧れの的であり「セレブ」だった。タリオーニのほか人気を博したバレリーナに、ファニー・チェリート、ファニー・エルスラー、カルロッタ・グリジなどがいる。バレリーナは上流階級のパーティーに華として招待されることもあったし（文学・政治サロンの花形レカミエ夫人はタリオーニのファンだった）、サラ・ルイーザ・フェアブラザーというダンサーは、ヴィクトリア女王の従兄弟であるケンブリッジ公ジョージと結婚している。(11) タリオーニ風ファッションはブルジョワ階級の女性たちのあいだで流行となった。タリオーニ自身、自分のイメージが中流階級の女性たちの模範であるように心を配っていたし、事実彼女は何よりもその「女性らしい」優雅さで、男性のみならず女性ファンを多く獲得していた。ただ実際の彼女の私生活は当時の中流階級女性の理想からは遠く、婚外子を何度か生んでいる。(12)

タリオーニが『ラ・シルフィード』よりも前に出演したグランド・オペラ『悪魔のロベール』（マイアベーア作曲、以下『ロベール』）も、バレリーナおよびその役柄の多面性を印象づけていた。一八三一年初演の『ロベール』は、十九世紀にもっとも成功したオペラのひとつだった。第三幕に舞踊場面が挿入されている。主人公ロベールが修道院に赴き、死から蘇った修道女たちと出会う場面である。修道女たちは生前、放蕩と退廃の日々を送っており、死後は悪魔の支配下に置かれていた。彼女たちは修道院の廃墟で蘇り、ロベールを囲んでワインでもてなしては、官能的に踊り続ける。タリオーニ演じる尼僧長エレーヌが、魔法の小枝を手に取るようにと彼を誘惑する。彼が小枝を手に取ると雷鳴が鳴り響き、修道女たちが恐ろしい亡霊に変貌するのだった。

このオペラは当時の政治的状況と重ね合わされて解釈されることもあった。その解釈によると、ロベールは「フランス」を表す。つまり彼は、敬意を払うべき王家と、革命を志向する悪魔との間に生まれた子供であり、矛盾した性質をもっている。そしてタリオーニと他のダンサーたちが演じる修道女――罪深き女たち――は、一見優雅で無垢を装っているが、実は悪の革命勢力を表す、とされたのである。[13]

暗い官能性をもつ扇情的なタリオーニの舞を、不快感をもって受けとめた観客もいた（作曲家メンデルスゾーンもその一人）。タリオーニ自身この役を演じ続けることは気が進まず、他国の上演で再出演もあったが、パリにおいては数回の舞台の後降板している。[14]ただ、その悪魔的な舞に惹かれた人びとが多くいたことも事実だった。後にタリオーニが『ラ・シルフィード』で妖精を踊った際にも、修道女の亡霊とは超自然という共通項があるだけに、清純さにひそむ暗黒面が、まったく感じられないわけではなかったと想像できる。

修道女たちは廃墟で蘇り
官能的に踊り続ける

境界を浮遊する妖精――シルフィードとトリルビー

『ラ・シルフィード』の台本は、『ロベール』で主役のテナーを歌った歌手アドルフ・ヌリにより書かれた。ヌリは、フランス幻想文学の祖と言われる作家ノディエの短編『トリルビー』から着想を得ていた。[15] ノディエはスコットランドへの旅から戻りこの作品を書いたのだが、ウォルター・スコットの詩に魅了されていたこともまた、執筆の大きなきっかけだった。[16] 当時のヨーロッパでは、武勇にも優れたスコットランドは、憧れをかきたてるエキゾチックな地だった。[17]

『トリルビー』のタイトルになっている妖精は、『ラ・シルフィード』の空気の精と同じくいたずら好きで純真だ――彼もまた人間に恋をしていて、その女性の夢とも現ともしれぬ領域に住んでいる。暖炉の火を守りつつ、いつも彼女を見守っている。二つの物語は、登場人物、設定、場面など大きく異なり、別の物語に見える。[18] たとえばトリルビーは男性の妖精だが、シルフィードは女性の妖精だ。[19] また、『トリルビー』における（妖精に対するキリスト教の）お祓いの儀式は、『ラ・シルフィード』には皆無である。それにもかかわらず、後者は前者から、物語の基本的構造を受け継いでいる。つまりどちらの物語も、それぞれの物語内部に見られる二つの関係性が、パラレル（相似形）を示しているのである。この物語構造を検討することで、何が明らかになるかを探っていこう。

まず『トリルビー』における二つの関係性とは、修道院とその庇護者だったマック＝ファーレン一族の関係（過去の出来事、A）と、主人公の女渡し守ジャニーとトリルビーの関係（現在の出来事、A）である。これらの関係は、「忘恩」、「裏切り」、あるいは「追放」という言葉で説明できよう。ジャニーは、漁師のダガルという夫がいる身でありながら、夢の中で家に住む妖精トリルビーから愛されていることを感じとり、困惑する。悩んだ末にダガルとも相談の上、修道院の長老ロナウドに祈禱を頼み、お祓いをしてもらうことになった。このときジャニーは、悪いことは何ひとつせず、むしろ自分たち夫婦に様々な恵みをもたらす妖精を、家から追放してしまったのである。トリルビーがいなくなると、後悔の念に苛まれるジャニーからは笑顔が消え、ダガルの網にもこれまでのように美しい青い魚がかからなくなった。

一方、そんなジャニーを気遣うダガルの提案で二人が聖コロンバンの徹夜祈禱祭に出かけた折、ジャニーは衝撃の事実を知る。祈禱祭の行われるパルヴァの僧院はその昔、土地の有力者であるマック＝ファーレン家の庇護を受けており、代々の当主の肖像画をチャペル内に飾っていた。ところが最後の当主は年貢を納めるのを断ったために、破門されていたのである。ジャニーが震える手で、長老ロナウドの静止も聞かずに、最後の肖像画に掛かっていた覆いを取り去ると、そこには彼女が妖精を追放した後何度も夢の中に現れた、悲しげな青年の顔があった。彼こそが「ジャン・トリルビー・マック＝ファーレン」だったのだ。

（A）と（A）とのパラレルがここで明らかになる。つまり、修道院は長年の恩を忘れて、庇護を受けた家の若当主を破門し、彼を流浪の身へと追いやった（A）。ジャニーもまた、長年家と夫婦を守ってくれた、愛情あふれる妖精を追放した（A）。この相似に打ちのめされたジャニーは、修道院の残酷な仕打ちと、長老ロナウドの身勝手で強圧的な言葉の数々に、自分自身が反映されていると感じた。罪悪感に苛まれ、聖コロンバンの墓をかき抱きながら、「愛と慈悲を」と叫ぶのだった。

『ラ・シルフィード』においても、このような過去の出来事（A）と現在の出来事（**A**）との相似（追放と裏切り）が繰り返されているのを見ることができる。主人公のジェイムズがマッジという名の魔女に対して行った仕打ちは、修道院が当主トリルビーに対して行った仕打ち（A）と遠く離れてはいない。マッジとは、婚礼の行われる直前にジェイムズの家の炉端で、暖をとっていた老婆である。[20] ジェイムズが気味悪がって追い出そうとすると、エフィをはじめとする友人たちが「家の中にいさせてあげて」と懇願する。彼らは共同体において異質に見えるマッジを可哀想に思い、仲間はずれにすることなく、ともに婚礼を祝おうとしているのだ。ジェイムズはその懇願に一度は従ったものの、結局はマッジを乱暴に家から追い出してしまう。マッジが娘たちの手相占いを始め、エフィの手相を見て、「ジェイムズとは結婚できない、結婚するのはあの若者だ」とジェイムズの恋敵、森番のガーンを指差したので、ジェイムズが怒り心頭に発したのだ。

晴れの婚礼の日にこのように占ったマッジも不吉だが、彼女は本当に責めを負うべきなのだろうか。観客は、ジェイムズがシルフィードからの告白にときめいて、彼女が消えた後も探し求めていたのを知っている。とすれば、マッジはこれから起こることを邪心なく予言しただけかもしれない。破門された当主トリルビーのように、共同体の大事な祝祭（婚礼）から追放されたマッジ。その傷は決して浅くはないはずだ。

一方、『トリルビー』における現在の物語（A）に対応するのは、ジェイムズが花嫁エフィを捨てて、シルフィードを追って森へ入る場面、さらに、その後彼が魔法のショールで妖精を捕えてその羽根を落とし、彼女を死に追いやる場面であろう。これらの場面は、ジェイムズが愛した二人の女性それぞれに対する「裏切り」の場と捉えることができる。ジェイムズが森に入ったのは、妖精がいたずらで奪った彼の婚約指輪を取り戻すためだったが、婚礼の最中に花嫁を置き去りにすることが何を意味するか、彼にわからないはずはなかっただろう。花嫁衣装のエフィは、花婿がいないことに気づき泣き崩れる。仲間たちは彼女を必死になぐさめ、エフィへ変わらぬ愛を捧げる一途なガーンを応援する気持ちに傾いてゆく。

その頃、シルフィードを追いかけて森に入ったジェイムズは、彼女とその妹のシルフたちと楽しく踊る。シルフィードは彼の周りで重力に縛られることなく、軽やかに空中を舞い続ける。彼は妖精にすっかり心を奪われて、抱きしめようとしても捕まえられないことに苛立っていた。そんなジェイムズの前に魔女マッジが現れて、一枚のショールを見せる。それは彼に恨みを抱くマッジが、大鍋で奇怪な材料を混ぜ合わせ、ぐつぐつと煮て作ったものだ。これを使えばシルフィードの羽根が落ち、彼女とずっと一緒にいられるとそそのかし、ジェイムズに渡す。実は、妖精は羽根が落ちれば死んでしまうのだ。つまりジェイムズはマッジに騙されたのだが、ここでもや

は り、観客がジェイムズに完全に同情することは難しい。花嫁を置き去りにしたまま、森で踊る妖精に夢中になった花婿を、擁護できるだろうか。結局魔法のショールでシルフィードを包み、彼女を死に追いやったのも、ジェイムズという人物の身勝手さが元凶ではなかったか。

『トリルビー』と『ラ・シルフィード』はこうしてともに、物語内の二つの関係において相似形を示す。このような一致が明らかにするのは、人間の罪や罪悪感が、妖精を現実と非現実の境界に呼び込んだということ、それによって人間も境界領域に引き込まれ、現実世界に戻れなくなるということだ。

さらに明らかになるのは、二つの物語における(人間の)主人公の描かれ方が異なる一方で、女性の表象は共通しているという点だ。『トリルビー』のジャニーは、たしかに罪もない妖精を追放してしまうが、それは精神的にも夫ダガルへの貞節を守ろうとする一心でのことだった。また、自分の行為に罪悪感を抱き、修道院とトリルビー・マック=ファーレンとの経緯を知ってからは、心から悔い改める。そもそも、トリルビーが修道院から破門されたのは昔の話であり、彼女のせいではない。それなのに過去のことまで自分の身に引き受けてトリルビーを哀れみ、聖コロンバンに許しを請い、彼を再び家に招き入れようとする。最後は長老ロナウドによってみたび追放されようとするトリルビーをかばい、自ら墓穴に入り息絶えるのだった。物語は終始、ジャニーを純真な女性として描き、悲劇の死を迎えることで読者の哀れみと共感を誘う。ただ祈禱師ロナウドと修道院の仕打ちの恐ろしさが、暗黒面として私たちの心に残る。

一方『ラ・シルフィード』においては、（A）と（A）の両方において加害者はジェイムズであり、魔女マッジに騙されたのは、彼自身が彼女を追放した報いとして描かれている。シルフィードがショールに包まれる前に、小鳥の巣を手に取り、ジェイムズに差し出す場面がある。その際彼は、小鳥を自由にしてあげなさい、捕えたら死んでしまうよ、とシルフィードを諭す。妖精は納得して巣を元の木の枝に戻す。とすれば、ジェイムズにはわかっていたはずだ、羽根を持つものを繋ぎとめてはいけない、それは死をもたらす行為であるということが。空を舞うすべを失くしたシルフィードはくずれ落ち、灯火が消えるように息絶える。仲間のシルフによって天に運ばれ、二度と地上に降りてくることはない。『トリルビー』の主人公ジャニーと同じように、人間の男性や社会の犠牲になって死んでゆく女性なのだ。

ロマンティック・バレエはロマン派とヴィクトリア朝時代の文学やモチーフを混交させたジャンルだという指摘がある。[21] シルフィードは、ロマン派にとっては、フランス革命後の社会に失望した人びとを非現実的な憧れの世界に導く超自然の存在であり、またヴィクトリア朝の人びとにとっては、残酷な社会／人間の犠牲者で、天使のように純真という理想の女性の類型といえる。このふたつが、妖精シルフィードの描写において融合しているのだろう。

境界に引き込まれる人間

『トリルビー』と『ラ・シルフィード』には、妖精が人間の住む世界に近づき、境界領域に住まうのは、彼らを追いやった人間のせいだという含意がひそむ。トリルビーは人間であった時破門され、共同体を追われて流浪の身となった。しかし慈愛に満ちた彼は、異界から人間の世界へ戻り、人々の暮らしを守る妖精となった。妖精は、民衆の心にある罪悪感が作り出した幻影なのかもしれない。シルフィードは、ジェイムズがまさに結婚するその日に彼の夢に現れて、彼を森へと誘い出す。それは彼の、結婚によって共同体の一員となり、一人の女性に、そして社会に繋ぎとめられることへの恐れと、逃避への願望がもたらした幻影だったのだろうか。

バレリーナもまた、観衆や批評家が作り出した幻影を背負っていた。バレリーナや、舞台や文学の妖精を境界領域に住まわせたのは、人間の罪、罪悪感、欲望、そして止むことのない憧れであった。ジェイムズは天に召されるシルフィードを追いかけようとして、不可能だと悟る。遠くに、エフィとガーンの華やかな結婚式の行列が見える。現実世界がはかなくなる。ジェイムズには、どこにも戻る場所はない。彼は絶望のあまり気を失って倒れる。魔女マッジが高笑いをする。舞台はそこで幕となる。妖精を現実と非現実の境界に呼び込んだ人間もまた、その領域に引き込まれてしまったのだ。バレリーナに憧れて止まない観客もまた、ジェイムズの姿に自分自身のおぼろげな反映を見るのだろう。幻影を創り出し、追い求め、果ては幻影に滅ぼされたいという破滅への衝動が、ロマンティック・バレエを生む土壌にあったのかもしれない。

シルフィードを踊るマリー・タリオーニ
（1845年ロンドンで発行されたリトグラフ）

補遺

オックスフォード運動の宗教的象徴の詩学——類比と保留の概念

はじめに

本節では、オックスフォード運動、とくにその運動の創始者と言われるジョン・キーブルの詩学における「類比」と「保留」の概念をまとめる。その際、キーブルとの結びつきが深く、保留に関して詳細な論文を書いたアイザック・ウィリアムズの保留の概念もあわせて考察する。

オックスフォード運動（トラクト運動とも言われ、主導者たちはトラクタリアンと呼ばれる）は、イギリス国教会高教会派の伝統に沿って、教会の使徒継承性に対する敬意をあらたにし、教会と信仰の尊厳を世俗化の流れから守ろうとする宗教復興運動として広く受けとめられている。この運動は、G・B・テニスンが『ヴィクトリア朝の宗教詩』で明らかにしているように、宗教運動であると同時に、ロマン主義の伝統と宗教とを融合する独自の詩論を展開した文芸運動である。(1) その詩論は、宗教と文学の両面において保守的、伝統的でありつつも、その後の詩のあり方を予期する革新性、現代性を合わせもち、十九世紀文学の流れにおいて示唆を与えるものである。

キーブルの詩学は一言で言えば、宗教的象徴の様式である。十九世紀を通じ、象徴の様式は様々なかたちであらわれていた。[2] 世紀初頭のロマン派の象徴が、大きく捉えるなら、人と自然の一致、精神と世界の一致を認めるのに対して、キーブルの詩学は、自然が象徴する永遠性は最終的に神の語る真理であると考える点で、初期キリスト教会の教父およびジョセフ・バトラーの「類比」の概念をくむ独自性をもつ。[3] こうしたロマン派との違いは、決定的な断絶というよりも、むしろ大きな流れの中での連続的な変容だった。ロマン派の文学観は宗教とまったく切り離して理解できるものではない。スティーヴン・プリケットが論じているように、コールリッジとワーズワースの詩観はキリスト教の伝統に多くを負い、彼らのそうした伝統こそがキーブルをはじめヴィクトリア朝の文学に流れている。[4] オックスフォード運動はロマン主義のひとつの現れであり、その精神を共有していたともいえる。[5]

キーブルはワーズワースに自身の講演集『詩についての講義』を献呈し、彼を「真の哲学者にして霊感を受けた詩人」と讃え、ロマン派詩人への敬意を明らかにしている。[6] ロマン派とのつながりの一方、キーブルの詩学における「保留」の概念に、十九世紀後半の象徴主義と通じるものがあることも見逃せない。「保留」とは、詩人が自分の個人的な感情をあからさまにせず、ヴェールをかけて粗野な人々の目から隠すという考えである。真実を正しく理解できる少数の人々にのみ伝え、他の人々には秘密にすることで、真実を神秘的で深遠に見せる。真実を直接的にではなく間接的に伝えるのであり、詩人は仮面をつけて後ろに隠れている。ブライアン・W・マーティンが述べるように、「キーブルの言葉と象徴は、古い考え方と十九世紀後半に登場する新しい考え方との橋渡しとなっている」点で興味深く、彼は「ロマン主義が象徴主義へと歩んでゆく道を用意していた」[7]。

キーブルの象徴の詩学は十九世紀の詩の流れにかかわるもので、しかも当時の文芸批評として独自の立場を築いていた。彼の詩学はヴィクトリア朝詩の研究に鍵を与える。たとえば、G・B・テニスンはホプキンズやクリスティナ・ロセッティがオックスフォード運動の詩学を継承していることを指摘した。またW・デヴィッド・ショーはテニスンやクリスティナ・ロセッティ他ヴィクトリア朝の詩にキーブルの類比と保留の詩学が実践されていることを考察し、彼らの詩に新しい光を投げかけている[8]。

本節では、オックスフォード運動の宗教的詩学の基本的な概念を解説する。キーブルの詩学の「本質的な概念」[9]である類比と保留を中心に、宗教と詩とを融合した宗教的象徴の様式をまとめてみたい。

類比と保留の概念

ヴィクトリア朝の文学は、物質界である自然は究極的には神の真理を象徴するという、「類比」

の考えに基づいた自然観を受け継いでいた、とマイケル・ウィーラーは述べる。「物質界の現象が目に見えない真理の象徴、あるいはそれを伝える道具になるという教義」[10]である「類比」とは、ジョゼフ・バトラーが『宗教の類比』(1736)で述べた、もとは神学上の概念である。この書物は十九世紀初頭にオックスフォード大学やケンブリッジ大学で必修であり、コールリッジ、ニューマン、F・D・モーリスなどの思想家たちに影響を与えたと言われる。[11] オリゲネスからの引用で始まることからも窺われるように、類比とはさかのぼれば初期キリスト教会の教父たちの聖書解釈法と自然観の中心をなす概念だった。キーブルも十九世紀の思想家のひとりとして例外ではなく、バトラーの書物から影響を受け、その類比の考え方を自身の詩学の中心に置いた。

類比を定義するなら、広義では、ある二つのものが互いに似ていたり、同じような特徴をもっていることを根拠にして、そこからなんらかの推論を引きだすことをさす。狭義では、あるものとあるものとの関係は、別のあるものとあるものとの関係と似ている(A:B=C:D)ことを根拠に、これらの関係の背後に同じひとつの法則がはたらいていると推論することである。このような類似を根拠とする推論を重ねていくことにより、目に見えることがら、自然界の現象やものの仕組みは、目に見えない天上の世界の仕組みを映しだすと証明すること、究極的には自然界は神の世界の象徴であると捉えることが、類比による自然観である。[12]

さて、キーブルがこの類比の概念と、彼の詩学においてもうひとつの重要な、類比とつながりのある保留の概念を詳しく記述しているのは、『時局小冊子』第八十九号に掲載された「初期キリスト教会教父たちの神秘主義について」という論文である（以下 *Tract* 89 と記す）[13]。彼は教父たちの聖書解釈法と、世界を象徴の体系とする自然観とを擁護しつつ、教父たちの自然に対する象徴的な解釈法をこう定義する。

（類比とは）外界の事物は、想像力により結びつく数々の連想で満ちているとする見方のこと、あるいは比喩的な方法で私たちにいかに生きるべきかを教えてくれるものと捉えること、あるいは目に見えない世界について、神が私たちに語りかける象徴的な言葉であると捉えることである。これら三様の解釈は、それぞれこの目に見える世界の詩的、道徳的、神秘的側面と名付けることができよう。[14]（括弧内筆者、*Tract* 89, 143）

簡潔に言うなら、類比とは、目に見える世界は目に見えない世界を象徴するということである。バトラーが『宗教の類比』の本扉に記した、クインティリアヌスの言葉を借りれば、「確かなもの（知覚できるもの）によって不確かなもの（知覚できないもの）の存在を証明すること」（"the proof of the uncertain by the certain"）である。[15] ただし類比による「不確かなもの」の「証明」は、論理的にみれば蓋然的でしかなく、（……かもしれない）と感じるのみである。[16] したがって直観的な理解が必要とされる。キーブルは自然が象徴する目に見えないもの、不確かなものを、想像力による連想、道徳、神の言葉という三段階に分けている。つまり、自然を解釈する際、その意味はひとつではなく複数ということになる。この多義性における各々の意味は互いに関係がないわけではない。むしろ、人は三つの意味を連続的、段階的に捉えるのであり、成熟するにしたがってより深い意味——神秘的意味——に近づく。

これら三つのうちで、順序としては、詩的な側面が最初に来る。それは本来的に、他の二つの土台、基礎である。あらゆる言語、あらゆる国の、教育を受けていない人々の会話にもこのことは見られる。何処においても、私たちの目に見える物事が、私たちの目に見えないことを表していると考える傾向——見えるものと見えないものとの間に、関連があることを発見し、気づき、一方を他の一方の名前で呼ぼうとする傾向があるのである。

ふたつめの、物質界を道徳を語るものとする見方は、思慮深い人々があたう限り最善の判断にもとづいて、人間の生活や行動を善くするために、このことについて聖なる教えを得る前に、あるいはそれに加えてより多くを知ろうとして、詩的あるいは想像的な見方をさらに進めた見方である。

同様に、神秘的、あるいはキリスト教的、神学的な世界観とは、世界をある特定の、一連の象徴と連想に帰すということであり、それらの象徴は、多かれ少なかれ造物主その人の権威をもっている、と信じることができるのである。（*Tract* 89, 144）

これらの言葉から分かるように、キーブルは、類比によって外界の事物を解釈することは、人間が本来もつ傾向だと考えている。人は誰でもそれぞれ固有の想像力と詩をもつ。(17) ただ、それは類比の最初の段階であり、そこから先は能力に応じて、道徳的意味、神秘的意味に到達することが可能になるという。最後かつ最高の段階では、物質界である自然は、象徴として「造物主の権威」を備え、究極的には神の真理を表していると捉えることができるのである。

この類比においてもうひとつ見落とせないのは、自然の背後に意味を見いだすのは人間だけではない、神も同様である、ということだ。自然に対して想像力をはたらかせる点で神と人とは似ていると、キーブルは説明する。

詩というものが、あふれでる感情の発露、つまり、遠回しで少しずつ明らかにしていくという表現の仕方ではあるが、心に重くのしかかる様々な考えや情熱を解き放ち、心の重荷を軽くしてくれるものであるならば――そして、人は誰でも固有の詩をもっているとするならば、つまり、自分にとっても他人にとってもそれ自体は同じひとつの自然、あるいは他の目に見える事柄に対して、自分だけに固有の一連の連想を抱くとするならば――もしそうだとすれば、次に述べることはまったく是認できない推論ではないだろう。このことはあらゆる畏怖と宗教的敬意の念をもって語られなければならないし、またそのように語ることができればと願っている。――さて、もしそうだとすれば、我らが聖なる神、彼の手足であるすべての信者と結びつく神は、ある意味で、神の道をはずれないすべての者の魂が徐々に同化されていくところである、多層的な、ひとりの偉大な人間にも等しい存在として、理解されはしないだろうか。そして、キリストは肉体を持つ人間として苦しみ、人間の罪のために恥辱を受けたのであり、私達信者は彼の手足であるということは、聖書においても教会においても語られているのだから、神も私たち人間と同じように彼に固有の詩――つまり、あらゆる地上の事物に神の御心によって与えている一連の聖なる連想と意味をもっていらっしゃるのだということを、確信しても良いのではないだろうか。他のあらゆる神の真理と同様に、この神の詩という点においても、神の御心を真に伝えているのは聖書であり、初期キリスト教会の教父たちの一致した見解なのである。（*Tract* 89, 144）

以上の引用で明らかなように、キーブルにとって神は抽象的な人知を超えた存在というよりも、具体的でひとりの偉大な人間とも理解される存在であった。神の子キリストが人類の救いのためにイエスという人間として地上に現れたことを考えるにつけても、神はひたすら全能で無限の超越的存在というよりも、「畏れ多くも人間の描写、愛情、共感の対象になってくださる」[18]存在だった。それゆえ神を人になぞらえることに畏怖の念を抱きながらも、人が誰でも外界の事物に対し固有の詩をもっているのと同じように、神もまた自身の詩をうたうと考えていたのである。神の被造物である自然は聖書で伝えられる「深い神秘的な意味」を宿す「神の言葉」、「神の徴《しるし》」、そして神の「固有の詩」である。自然は神が人間に聖なる意味を分けあたえる「秘蹟」であった（*Tract* 89, 148）[19]。

このように類比は神と人の両者にかかわる、自然に対する見方であるとすれば、類比における神、人、自然の三つの関係は、次のようにまとめることができる。

神はその被造物である自然に、精巧につくられた徴《しるし》と類似とを刻印することによって、聖なる連想、意味を与えた。自然は神の詩であり、神の感情の発露である。一方、人間もその本来的な性質によって自然に対し想像力を発揮し、連想、意味を見いだす。その自然には神の与えた意味が隠されている。このとき、人はときにそれとは意識せずに神の意味を見いだす、つまり神の詩を解釈しているのである[20]。しかし詩には「少しずつ明らかにする」という側面があるため、人は一度に完全に神の与えた意味を理解することはできない。自然に対し様々な徴を読みとり、様々な連想を抱きはするが、最初の段階では類比の「詩的側面」における意味を捉えるにとどまる。そして人は成熟するにつれ、能力に応じてより深い「道徳的」意味、最終的には「神秘的」意味を捉えることができるようになる。人は、神が世界に刻印したものを解読することによって、見える世界から見えない世界へと、梯子を登っていくことができる。このように、類比は神が人にその宗教的真理を、詩という感情の表現により伝える仕組みであり、人が神の隠された意味を想像力と詩によって読みとろうとする仕組みである。

意味を隠すと同時に表す、感情を抑制すると同時に表出する

　さて、このようなキーブルの類比の概念において重要なことは、神が自然に与えた意味を人に対し「少しずつ明らかにする」点である。すでに述べたように、類比による「不確かなもの」の理解は、蓋然的なものでしかない。そのため、人は神の意味を読みとるときに、確信をもつことはできず、（あるいは……かもしれない）と感じることができるのみである。神はそのような方法をもちいて人に意味を伝え、何重にも掛けられた半透明のヴェールを一枚一枚めくっていくかのように段階的に明らかにする。神の真理の伝達においては、いわば、意味を隠すと同時に表す、自己の感情を抑制すると同時に表出するという逆説的な特質が伴っているのである。このような、類比の仕組みに必然的にともなう伝達の特質が「保留」（Reserve）と呼ばれる概念である。保留とは、神の真理は神聖で複雑なものであるから、人が十分にその神秘を受けとめ理解できる精神的な能力を身につけるまでは、神がそれを明かさずにおくことであり、同時に人のその能力に応じて明らかにすることである。

　類比と密接に結びついた保留の概念は、バトラーに影響を受けたキーブルの著作全体を通して一貫して認められ、またキーブルから影響を受けたオックスフォード運動のメンバーであるアイザック・ウィリアムズが『時局小冊子』第八十号、八十七号において詳しく説明している。[21] ウィリアムズによれば“Disciplina Arcani”として知られていた保留の教義の起源は、初期キリスト教会までさかのぼる。彼はこの論文において、キリストの生涯や神の言葉に見られる具体的な保留の例を数多く挙げ、また、オリゲネスなどの教父たちが聖書解釈において聖書における保留の

語り方を認めていたことを詳細に述べる。そして保留は神の言葉のみならず、神の被造物である自然の事物における特質でもあるとし、「全能の神はご自身の言葉や被造物のうちに、無数の類比と象徴を隠されている」のであり、自然それ自体が「神を私たちの目から隠しており、私たちに少しずつ神を認識させてくれる」と語る（*Tract* 80, 46 and 62）。このようにしてウィリアムズは、類比とは神が保留を実行するための方法であり、類比と保留は神の深遠な真理の伝え方において結びついた相補概念であることを明らかにしている。

保留は神の真理の語り方であるが、一方、前述のようにキーブルは、その本来的な性質によって自然に対し連想を抱き、感情の表出として固有の詩を生みだす点において、神と人は同じだと考えている。そこで、創造者である神が自らの被造物に与えた真理に象徴のヴェールをかけ、あらわにならないよう隠しているのだから、それと同じように人も、どんなに強い感情に揺り動かされたとしてもそれをただひたすら吐露するのではなく、自分の表現を抑制しなければならない。類比という方法により神が保留を実行しているように、神にならって詩人もなにかそうした間接的な表現——象徴やアレゴリー、その他の方法——を用いて表現しなければならない、ということになる。ウィリアムズによればこのような保留の態度は、真の詩人には「自然に備わっているもので、これはもちろん彼を通して私たちにもたらされる神の教え」なのであり、「あらゆる強く深い感情にともなう、誠実な詩の証」である（*Tract* 80, 53）。保留が失われているところには、トラクタリアンたちが詩の源泉と考える深い感情が欠落しているのである。

保留の概念における難しさは、意味を伝えると同時に隠す、感情を表すと同時に抑制するという逆説を含むところにある。この逆説は、詩とは「溢れ出る感情の発露」であり、詩の源がそのような強い感情であるとキーブルが考えていることによって、より鋭い逆説になっている。[22] 強い感情を表すことと抑制することは、一見矛盾すると考えられるからである。このような難しさがあるためか、保留とは単に極端に自己を空しくして控えめにすることである、といったような、抑制の面のみを強調した単純な理解をされがちである。それに対してG・B・テニスンは、保留の同義語として「自制」(renunciation, or reticence) よりも適しているのは、「崇敬」(reverence) であると述べている (*VDP* 142-43)。彼が述べるように、保留は、抑制したいという欲求そのものよりもむしろ、宗教の真理の神秘、深遠さとかかわっていると考えたほうがより正確であろう。

むすび

類比と保留は神の真理の語り方であると同時に、詩人の詩作法でもあるため、実際の詩において主題、様式、態度として、様々なレヴェルで、様々なありかたであらわれる。神が自然に込めた意味を隠すという神の保留。神の言葉である自然を詩人が解釈する難しさと、確信を得られない状態。それは神聖さに対する畏怖と敬意にもつながりうるし、直観的に象徴の意味をとらえる神秘性を生むかもしれない。感情を抑制し、象徴や言葉の多義性といった間接的な手段を使って表現する、詩人の保留。詩人が保留を行うとき、読者は間接的かつ段階的に詩の意味を理解することになろう。読者は、神、自然、そして詩人という、類比と保留が組みこまれた意味の伝達の最後に置かれることになるため、何重ものヴェールを通して読みこむことが必要になるが、すべてを見通すこともありうるだろう。

はじめに述べたように、キーブルの詩論は彼独自の孤立した理論というよりも、古い考えと新しい考えをつなぐ架け橋であり、十九世紀の詩全体と関わりをもつ。類比の概念は十九世紀の自然詩が霊的意味を帯びていることを、また保留の概念はそれらの詩の意味に多義性があることを、解きあかす鍵のひとつである。

あとがき

クリスティナ・ロセッティの詩に出会った当初は、自然描写、色彩豊かな絵画性、抒情性、韻律の美しさに関心があった。しかし次第に、彼女の作品が、時代と文化、宗教性、詩の技法、フェミニズム、贈与交換など、様々な観点からの考察に耐えうる多面性をもつことに気づくようになった。ロセッティは、敬虔で純愛に生きた女性詩人というイメージや、平易な言葉遣いから見れば意外なほどに、骨太の詩人である。手法にこだわり、重層的な意味を作品に仕掛け、読者に挑戦する。その詩世界の多面性を探るべく、これまでロセッティとその周辺について書いた論考の一部をここにまとめた。

「はじめに」にも記したように、本書は象徴、贈与、異世界、というテーマを軸にした論文集である。カバー絵は、第二部における贈与・市場交換をモチーフとして描いた。本書の続編として、古代ギリシャ詩人サッフォーや、聖書におけるイヴへの言及にも注目しつつ、十九世紀女性詩人の系譜という観点からまとめた論文集を刊行予定である。

論考を重ねるうえで、多くの先生や友人からご指導・助言をいただいた。大学院生時代にご指導くださった平善介先生、長尾輝彦先生、博士論文執筆時のプロモーターであったライデン大学教授（現ルーヴァン大学名誉教授）Theo D'haen 先生、草稿を何度も読みコメントをくださったC. C. Barfoot、Valeria Tinkle-Villani 両博士に心から感謝する。英米文学研究機関誌『文学と評論』では、研究仲間の皆さんから貴重な意見をいただいた。友人の Rita DeCoursey さんは、詩の解釈その他の質問に丁寧に答えてくれ、夫の遠藤史は各論文の構想段階から辛抱強く話を聞いてくれた。書籍としてまとめるにあたり、編集担当の木村浩之氏から、適切な助言を多くいただいた。こゆるぎデザインの安藤紫野さんは、素敵な装幀に仕上げてくださった。ここにお名前を記せなかった方々からの励ましも大きな力となった。心からの感謝を記したい。

二〇二三年四月　滝口智子

べられている。 彼によればそのような強い感情は表現したいと求め、表現することによって自らを解放し救済される。詩は芸術家にとりカタルシスであり、「重荷を負った」心を軽くし、「感情を穏やかにしてくれ」、「解放」してくれる「聖なる薬」である。

(13) Keble, "On the Mysticism Attributed to the Fathers of the Church", *Tracts for the Times*, no. 89 (1841).

(14) 翻訳はすべて筆者による。この定義は、教父たちの聖書解釈法の伝統に沿っている。初期キリスト教の教父たちは、聖書に3つないし4つの意味のレヴェルを区別していた。古典的定式となった四重解釈理論はヨハネス・カッシアヌス（360-435）がつくりだした。フレッチャー他『アレゴリー・シンボル・メタファー』37頁を参照。

(15) George Watson, "Joseph Butler", *The English Mind*, 120より引用。

(16) 類比に必然的に伴うこの性質は、バトラーが「蓋然性の原理」と呼んでいるものである。バトラーは「類比は正確、完全ではありえない。多くの点ではっきりした類似があれば十分である。人は、地上では確信を得るには値しない。(……かもしれない)と感じることだけが、原罪を負った人間が到達できる認識である」と考えていた（Martin 43）。

(17) キーブルは「詩」を美学上の用語とし、その意味を広く捉えていて、文学に限らず音楽や絵画なども「詩的」でありうると考える。*VDP* 25を参照。

(18) Keble, *Occasional Papers and Reviews* (Oxford, 1877), 94. *VDP* 32より引用。

(19) 聖書においてキーブルのこの考え方を裏付けるのは、*Tract* 89, 152にも挙げられているパウロの手紙の一節である。「世界が造られたときから、目に見えない神の性質、つまり神の永遠の力と神性は被造物に現れており、これを通して神を知ることができます。」(「ローマの信徒への手紙」1章20節)

(20) このとき、人は同時に自分自身も想像力により詩を生み出していると考えることができる。キーブルは、詩人の自由な創造と、あくまで忠実に神の真理を再現することとの、危ういバランスをとろうとしている。この点について W. D. Shaw, "Projection and Empathy in Victorian Poetry", 322, footnote 9を参照。

(21) Isaac Williams, "On Reserve in Communicating Religious Knowledge", *Tracts for the Times*, nos. 80 and 87.

(22) キーブルの、詩は感情の発露であり、詩の源はすべての人に自然に備わる強い感情であるという考え方は、*Lectures on Poetry* において十分に述

(20) 炉端にいることから、火を守るトリルビーや暖炉を行き来するシルフィードのように、超自然の存在に近いことが暗示されている。
(21) Baker 4-12.

補遺

オックスフォード運動の宗教的象徴の詩学 —— 類比と保留の概念

(1) G. B. Tennyson, *Victorian Devotional Poetry*. 以下 *VDP* とページ数で記す。
(2) 19世紀の象徴様式の変容を述べたものとして、Hönninghausen, *The Symbolist Tradition in English Literature*、特に第一章 "Changing conceptions of the symbol in the nineteenth century" を参照。
(3) ジョセフ・バトラーの著作『宗教の類比』がヴィクトリア朝文学に与えた影響については、Wheeler 12-16, 59-61 を参照。
(4) Prickett, *Romanticism and Religion*.
(5) *VDP* 12 を参照。ロマン主義とオックスフォード運動の結びつき、共通点を詳しく論じたものとして Bright, "English Literary Romanticism and the Oxford Movement" がある。
(6) Keble, *Lectures on Poetry*, vol.I: 8.
(7) Martin 170.
(8) *VDP* 197-211, W. David Shaw, *The Lucid Veil*, 66-74, 189-98, および本書第3章「間接的に伝える」を参照されたい。
(9) *VDP* 44. 以下の解説は、オックスフォード運動の詩学とその表れである詩作品について論じた G. B. Tennyson の *Victorian Devotional Poetry* に多くを負うことを記し感謝する。
(10) John Henry Cardinal Newman, *Apologia pro vita sua*, ed. Martin Svaglic (Oxford, 1967), 29. *VDP* 52 より引用。
(11) *VDP* 52 および Prickett 107-08 を参照。
(12) 類比の概念については『西洋思想大事典』第一巻「アナロジー」の項、およびミシェル・フーコー『言葉と物』、第一部第二章、第三章を参照。類比はとくに中世からルネッサンス時代の西洋の象徴的な世界観において重要な役割を担っていた。

（10）平林 24 頁。

（11）Engelhardt 87-89. ただし、女王の許可を得なかったため、結婚が正式に認められることはなかった。

（12）Homans 160-64.

（13）Homans 149.

（14）Homans 150.

（15）ロマン派作家たちは創作のみならず、批評行為を行うことでバレエにインスピレーションを与えた。彼（女）らは「バレエが独自の言語をもつ」ことに気づいていた。タリオーニは作家たちの批評や引用をノートに書き溜めており、その中にはシャトーブリアン、ジョルジュ・サンド、バルザック、ゴーティエ、ウォルター・スコットなどの名前があった（Homans 151-54）。なお、ロマン派以前のバレエは主に神話のテーマとモチーフを用いていた。四世紀あまり続いた伝統に行き詰まりを感じた舞踊家たちは新しい方向を模索し、18 世紀中頃までには、ジャン・ジョルジュ・ノヴェールを中心とする舞踊家たちがバレエ・ダクションと呼ばれる物語バレエを多数上演するようになっていた。やがて 19 世紀に、その遺産を引き継いだ詩人や舞踊家により、地方色豊かな筋立てで、超自然的な妖精が人間と交わるバレエの物語が生まれていった。

（16）ウォルター・スコットの描く妖精や女性と『ラ・シルフィード』の類似については、Banes and Carroll 92 を参照。ゴーティエは「ラ・プレス」誌のレビューで、「タリオーニは木陰の涼しい谷間を想像させた……彼女はウォルター・スコットの語るあのスコットランドの妖精たちとそっくり瓜二つである」と述べている（渡辺 28 頁）。

（17）Homans 151.

（18）Banes and Carroll 92.

（19）『ラ・シルフィード』において妖精の性別が『トリルビー』における男性から女性に変更されている理由の一端について、高橋が「三角関係からみた女性ダンサーのイメージについて」において考察している。高橋によると、男＝女＝女という三角関係が描かれることにより、タイプの違うふたりの女性の間で揺れ動く男性の気持ちに男性観客が共感できるという（高橋 2013, 188 頁）。

(16) 復讐する妖精、花嫁姿の妖精というモチーフは、『花嫁』に基づいて書かれたドニゼッティのオペラ『ランメルモールのルチア』(初演 1835 年)や、その「ルチア狂乱の場」にインスピレーションを受けたとされるロマンティック・バレエ作品『ジゼル』(アドルフ・アダン作曲、初演 1841 年)へとつながっている。『ジゼル』は身分差のある恋と男性の裏切りという点にも『花嫁』における妖精譚との類似がある。

9.『ラ・シルフィード』と妖精譚『トリルビー』── 境界に住むものたち

(1)「バレリーナ」という言葉が多用されるのはアメリカと日本であり、とくに日本ではこの言葉に夢や憧れを誘う含意があるため、より中立的な表現の「(女性) ダンサー」という表現を用いる研究者もいる。

(2) 平林 15 頁。

(3) Guest 9-10.

(4)『ラ・シルフィード』の映像として、パリ・オペラ座ガルニエ宮で 2004 年に上演された舞台の録画 DVD を参照した。フィリッポ・タリオーニの振付をピエール・ラコットが 1971 年に復元した「ラコット版」である。なお、タリオーニ振付の舞台に感銘を受けたオーギュスト・ブルノンヴィルが、自国デンマークに戻って音楽を変更し振り付けた「ブルノンヴィル版」があり、今日まで踊り継がれている。

(5) ジェイムズの恋敵ガーンにはシルフィードが見えることがある。長野は、エフィを一途に愛するガーンは現実生活の充足の追求者(番人)であり、乱入者を見つける高感度のレーダーを備えているため、シルフィードのおぼろな姿を捕えた、と指摘している(長野 56 頁)。

(6) この「オンブル(影)」と呼ばれるパ・ド・トロワは、心理劇の深みに達しているとも評価される。タリオーニ初演時には含まれなかったが、後にウィーン公演で挿入し好評だったことから定着した(長野 53 頁)。

(7) Homans 138-40.

(8) Homans 144-49.

(9) バレリーナは娼婦としてのみ扱われていたわけではなく、彼女たちの実情は多様であった(Engelhardt 81-82)。

(7) McGann (2011) 119.

(8)『花嫁』は全34章の構成。以下小説からの引用は第1章、第2章など章番号で本文中に示す。

(9) この銘をかかげるスコットランドの氏族も実際にいくつかあるという (Scott, *Bride*, 385)。

(10) 実は別の出典による伝承である。たとえばマリシウスの伝承は「黒い晩餐」と呼ばれる悪名高い事件に題材を採ったもので、1440年にエディンバラ城で起こったとされる。スコットも自ら編纂した『スコットランド・ボーダー地方の民謡集』全三巻 (1802) の中で言及している (Scott, *Bride*, 385)。

(11) このような注釈は伝承の研究者としてのスコットの一面を彷彿とさせる。スコットはスコットランド、なかでもボーダー地方の歴史と伝承に精通しており、前述の『民謡集』を上梓した。

(12) 詩人トマス (Thomas the Rhymer) は13世紀に実在した人物で、スコットランドの歴史の出来事 (多くは暗い事件) を予言したとされる。彼に関する伝承でよく知られているのは、妖精の国に連れ去られ、そこで予知能力を授かったというものだ。スコットは『民謡集』や他の著作で何度かトマスに言及し、彼が登場するロマンスも出版している (Scott, *Bride*, 418-19)。

(13) ルーシーはロマンスの世界に憧れ、伝承を聞いたり空想したりするのを好む。シェイクスピアの『あらし』やエドマンド・スペンサー作『妖精の女王』がお気に入りである (第3章)。ロマンスの登場人物がロマンスに憧れるという自己言及は、スコットが物語を語ることについての物語を書くことと相関する。

(14) 誓いのしるしとして金を半分にしたものを互いが身に着けるのは、指輪交換以前の習慣であったという (Scott, *Bride*, 422)。

(15) アシュトン夫妻の関係にはマクベス夫妻への言及がある。なお、『花嫁』には『マクベス』の魔女を思わせる三人の老婆も登場する。ヒロインの狂気や花、エドガーの描写には『ハムレット』への言及もある。『花嫁』の各章は様々な文学作品からの引用を題辞として挙げ、なかでもシェイクスピアからの引用が多い。

(20)『花束』でロセッティは、ほかの寄稿者と足並みをそろえ、花の名を筆名とし "Calta"（伊語でマリーゴールドのこと）と名乗った（Easley 166-67; Marsh, *A Writer's Life*, 131-35; Bell 178）。

(21) この際は出版社からの芳しい返事はなく、不掲載に終わった。拙訳『小鬼の市とその他の詩』内ロセッティ略伝を参照（288 頁）。

(22) *Corrispondenzia Famigliare* (Family Correspondence, 1952). Marsh, *A Writer's Life*, 131-35 を参照。

(23) Easley 166-67.

(24) ランドンの場合はこの危険は実際のものとなった、と考えることも可能である。編集者に詩人として世に出ることを後押ししてもらうために、彼の愛人になったという可能性もゼロではない。

(25) 本書第 4 章、およびクリステヴァ『女の時間』を参照。

(26)「純粋な贈与」について、本書第 5 章を参照。

(27) 滝口「語り直される贖いの物語　女性のために —— クリスティナ・ロセッティの『小鬼の市』」、Takiguchi, Chapter 8, *Recasting Women's Stories*.

第三部

8. スコット作『ラマムアの花嫁』—— 泉の妖精のロマンス

(1) Gottlieb 98.

(2) スコットにおけるノヴェルとロマンスの融合や、歴史小説というジャンルについての考察は、樋口 3-21 頁、松井 104-17 頁、米本 13-32 頁を参照。

(3) 松井 10 頁。

(4)『花嫁』は、スコットが筆名で書き始めた『宿屋の亭主の物語』第三集として出版されたが、ウェイヴァリーの著者の作品と見破る読者が多く、今日でも「ウェイヴァリー叢書」に含められる（松井 121 頁）。

(5) 米本「非合理」71 頁。米本「運命の流砂」154 頁も参照。

(6)『花嫁』における超自然の要素は合理的に説明可能であり、ゴシック的な要素に対して疑念を抱きがちな読者にとっても違和感のないように描かれているという指摘は、Brown 135 を参照。

の文化としての影響力を論じた Mourão、Stephenson を参照。

(8) 消費と贈答の文化をどのように女性（詩人）が生きたかについては、Rappoport, *Giving Women* を参照。

(9) "Goblin Market", Crump I: 11-26. 以下この詩の翻訳は拙訳『小鬼の市とその他の詩』8-48 頁より。なお、本文では小鬼とゴブリンを同じ意味の交換可能な言葉として用いる。

（10）Elizabeth Cobbold, "Flower Girl", *Cliff Valentines*, 1813: 26. なお、ランドンからロセッティにつながる女性詩人の系譜について詳しくは拙著 Takiguchi, *Recasting Women's Stories*、滝口「サッフォーと十九世紀英国の女性詩人たち（2)」75-99 頁を参照。

（11）Stauffer 47-58.

（12）異国的な花／果物の例は、「花売りの娘」においては王冠百合、鶏頭、クロタネソウ、「小鬼の市」においては、レモン、オレンジ、パイナップル、ナツメヤシ等である。

（13）Cobbold, *Cliff Valentines* 序文を参照。コボルドについては、ファミリー・トラストのホームページ（The Cobbold Family History Trust）を参照。url: https://www.cobboldfht.com/ コボルドの製作した切り絵のバレンタイン・カードについては、ファミリー・トラストのパンフレット、*Cobbwebs News and Views* (July 2019) を参照。url: https://www.cobboldfht.com/app-data/news_docs_uploads/2019-07-29-143949954237ec881b5d86b59a0fd73b9eb9-Cobbwebs260.pdf

（14）期せずして、現在コボルドの切り絵バレンタイン・カードは高値で取引されている。なお、花における象徴的な意味は、シェイクスピア『冬物語』における「パーディタの花尽くし」の場面をはじめとする長い伝統がある。19 世紀には花言葉が流行し数々の本が発行された。代表としてケイト・グリーナウェイ『花言葉』（1884 年）がある。

（15）再録された詞華集の例として *Gleanings in Poetry*（1836）がある。

（16）Hillard 132-33.

（17）Hillard 139-55.

（18）Maxwell 84, Sato 8 等を参照。

（19）Hillard 163.

(19) 滝口、2010年。

(20) ポオ　224-27頁。

(21) Bronfen 71-73.

(22) Blanchard, *Life and Literary Remains of L. E. L.*, 1841.

(23) 村田　218頁。

(24) 井野瀬他　204-24頁。

7. 「ゴブリン・マーケット（小鬼の市）」の金と銀――コボルド、ランドン、ロセッティにおける贈与交換の系譜

(1)「ゴブリン・マーケット」には多くの翻訳があり、タイトルも様々に訳されてきた。本書参考文献補遺「ロセッティの「ゴブリン・マーケット」翻訳一覧」を参照。

「化物市」(竹友)、「怪物市場」(中村)、「お化け商人」(入江)、「鬼の市」(高山)、「妖魔の市」(矢川)、「妖精の市場」(内藤)、「小鬼の市」(荒俣、岡田、滝口)、「ゴブリン・マーケット」(濱田)。ゴブリンは小さくて邪悪な妖精のこと。小論ではゴブリン、小鬼、妖精と記す。

(2) L. E. L. (Letitia Elizabeth Landon), "The Golden Violet", *The Golden Violet*, 1827: 234, 239.

(3) ランドンが自作・編集したアニュアルは『フィッシャー版・応接間のスクラップブック』(*Fisher's Drawing Room Scrapbook*) である。アニュアルの流行については Rappoport, *Giving Women*, 19-22、本書第6章も参照されたい。

(4) 1823～1903年にイギリスとアメリカで発行されたアニュアルのリストや図版は、Faxon を参照。

(5) テニスン、ワーズワス、サウジーたち詩人とアニュアルとの関係については、Ledbetter、Manning を参照。

(6) 父が事業に失敗して亡くなった後、ランドンが家族のために収入を得る必要があった。本書第6章を参照。

(7) メアリ・シェリー、ブレッシングトン伯爵夫人、フェリシア・ヘマンズなど、アニュアルとかかわった女性詩人や作家は多い。ランドンとアニュアル

(6) Blanchard 253.

(7) ミラーはそのような趣旨で引用している（Miller 278）。

(8) Watt 188.

(9) Watt 188.

(10) ミラーは、ランドンが友人たちに向けて、「私は元気だし、幸せです」と書き送る手紙の文面に、奇妙に単調な繰り返しが多いことに注目し、ランドンは気丈にふるまうことで矜持を保っていたと推測する（Miller 265-67）。マクリーン自身は、ランドンが彼の前では朗らかだったため、彼女の内心の不満に気づかず、後で彼女が親しい友人や弟に書いた手紙の内容（彼を「厳格」で「冷酷」な面があると記している）を知り、困惑していたという（Miller 279-80）。

(11) Watt 191.

(12) 19世紀初頭からヴィクトリア朝にかけて、阿片を常用した詩人・文学者は多く、女性も例外ではなかった。阿片製剤は高い常習性があるにもかかわらず、万能薬として一般的に販売されていた（谷田『図説ヴィクトリア朝百貨事典』10-12頁）。

(13) Miller 269-75.

(14) 薬物依存の場合、過服用が「自殺」か、それとも「事故」か、見極めは難しい。ミラーは、ランドンが自身の過去をマクリーンに知られたため、自殺を選んだ可能性もあると考える（Miller 281-82）。

(15) 毒殺説の出元がランドンの弟（Whittington）であったことはマクリーンを驚かせた（Miller 284-85）。実際、マクリーンには、多くの現地在住イギリス人と同じくアフリカ人の妻がいた。現地妻エレンの存在は公然の秘密だったのでランドンも知っていた（Watt 191, Miller 244-47）。

(16) マクリーンとの共謀により現地妻エレンがランドンを殺害したという噂が事実であると「結論付ける証拠」は見つかっていない（Miller 263）。なお、ランドンのメイドだったエミリが、マクリーンを擁護する人々から、ランドンの死に関することを不用意に漏らさないように言われていたことが窺われる記事が、『ザ・タイムズ』誌に掲載されている（Miller 287-88）。

(17) Watt 204.

(18) Landon, *The Venetian Bracelet* (1829).

(6) 代表的な研究としてモース『贈与論』がある。

(7) 中沢 235 頁。

(8) 中沢 239 頁。

(9) 中沢 235-40 頁、ポトラッチについてはモース『贈与論』、死の贈与についてはデリダ『死を与える』を参照。

(10) ランドンのロマンスにおける暴力や死の要素については、Labbe 135-74 を参照。

(11)「金いろの菫」における吟遊詩人による挿入歌を、それぞれ登場する順番に「第一歌」「第二歌」と呼ぶ。

(12) 贈り物にはそのモノの経済的な価値以外に、人の魂やまごころ、さらには何か魔術的な力などのプラスアルファが込められている、と考えられるケースは多い。浜本満・浜本まり子共編『人類学のコモンセンス――文化人類学入門』145-64 頁を参照。

(13) ヴィダルの恋人までもが、余興として行われた女性だけの歌会の際に、彼の理想を否定するような歌をうたい、彼を悲しませる(146-47 頁)。

(14) 第十一歌「花輪」も参照。

6. アフリカで死ぬということ――ランドンと死／詩の贈与

(1) ランドンの伝記として、L. Blanchard (1841), Glennis Stephenson (1995), Julie Watt (2010), Lucasta Miller (2019) を参照した。なお、アフリカにおけるランドンの生活と、夫との関係について、ジュリー・ワットは、極端に不幸なものではなかったと解釈し、ルカスタ・ミラーは、ランドンは自殺したとしても不思議はないほど苦しんでいたと解釈する。

(2) Lawford (2003) を参照。

(3) ワットは、ランドンの「一目ぼれ」と考えるが(Watt 158)、ミラーは、ランドンがスキャンダルによる汚名を挽回できるのは結婚という手段をおいて他はなく、結婚相手として、アフリカから帰国したばかりの「部外者」マクリーンは都合がよかった、と指摘する(Miller 225)。

(4) Watt 181.

(5) Watt 182.

つ以上の物語が挿入される形式のことで、作品内に物語についての自己言及を含むことが多い。

(11) 翻訳は拙訳「クリスティナ・ロセッティ作『王子の旅』——翻訳と解説」に改訂を加えたものである。

(12) アト・ド・フリース「王冠」の項を参照。

(13) バフチン『ドストエフスキーの詩学』106 頁。

(14) バフチン 565 頁。

(15) 詩や詩人についての詩を書くという自己言及性は、古代ギリシャ詩人サッフォーの伝統を負った 19 世紀女性詩人の作品によく見られる。こうした自己言及性を通じて、詩人は読者に様々な問を投げかけ、答を求め続ける。詩についての詩に関して拙著 Takiguchi (2011)、とくに Chapter 2: Writing about Women Poets: Recasting the Legend of Sappho および Epilogue: Poetry as a Gift for the Audience を参照されたい。

第二部

5. 交換と死——ランドンのロマンス、「金いろの菫」

(1) L. E. L. (Letitia Elizabeth Landon), "The Golden Violet", in *The Golden Violet* (1827). 以下詩の引用はこの版から行い、本文中に頁数で示す。翻訳は筆者による。

(2) ロマンスのモティーフについては、大槻（訳）『英国中世ロマンス』171-73 頁を参照。ロマン派におけるロマンスの復興については、Labbe, *The Romantic Paradox* を参照。

(3) ロマンスにおける様々な交換の例として、イギリス中世のロマンスの日本語訳を集めた大槻（訳）『英国中世ロマンス』や、菅野等を参照。

(4)「金いろの菫」は、14 世紀にトゥールーズではじまったとされる詩のコンクールを題材としている。

(5) 通常は経済的な財として考えられない、尊敬や愛情などの主観的なものをも交換対象と考える学問分野は、社会的交換理論と呼ばれる。代表的な研究に、ブラウ『交換と権力』がある。

もうひとつは “speaking” を動名詞にとり、そこで語らいがあるような沈黙 (Silence for speaking) とする解釈である。

(12) ロセッティの詩における「秘密」のモティーフについて書いた拙論も参照されたい。Takiguchi, “Christina Rossetti in Secrecy”.

4.「眠りの森」と「王子の旅」── ふたつの時と多重の声

(1) Hillard 77-127.

(2) Hillard 18.

(3) ヒラードがクリステヴァより借りた言葉 (Hillard 99, 102)。ジュリア・クリステヴァ『女の時間』参照。

(4) それぞれ1697年、1812-15年出版。ペローはイタリアで出版されたバジーレ編『ペンタメローネ』(1634-36) に多くを負う。グリム童話は19世紀児童文学の発展を促したとされる。

(5) Opie 83.

(6) ロセッティはイタリア人の両親をもつため、バジーレ版「眠りの森」に親しんでいた可能性もある。バジーレ版はイタリア語ナポリ方言である。バジーレ版「眠りの森」のタイトルは「太陽と月とタリア」。

(7) バジーレ版では、姫が眠る間に彼女に子供を産ませたのは王子ではなく、国にお妃をもつ王である。王妃は嫉妬に燃えて、姫と王の子どもたちを王に食わせようとした。

(8) フェミニズム批評では、「眠りの森」に女性が受動的であるべきとするイデオロギーを読みとることもある。実際ロセッティの時代、女性の教育を否定する動きを「眠りの森」と関連付ける論調もあった。しかし一方で、人間の成長における比喩的な「眠り」(内面で大きな変化が起こり、静かに時を待つ時間) を積極的に評価し、その重要性を指摘する人びともいる。ユング心理学の観点から一般の読者にも親しみやすいように「眠りの森」を分析したヴァイプリンガーを参照。

(9) 妖精や魔法に人間の罪の意識や恐れ、憧れ等、内奥の意識が映し出される点について、本書第三部、滝口 (2014, 2016)、Bown を参照。

(10) 枠物語とは、物語の導入部を外枠として、その中に入れ子のように一ナは楽に着想が涌き、何かひとつの主題について深く考え込むこともなかったし、できあがった作品に、もちろん必要のあるときには細部をより精巧にするために幾分手直しをしたものの、大きな変更を加えることはなかった」と述べ、ロセッティが苦労せずに詩を書いたことを強調している。

(2) このような印象にもとづく研究の一例を挙げれば、Ralph A. Bellas は、*Christina Rossetti* の序文において、「クリスティナは非常に私的な作家なので、この本では彼女の作品に表れた彼女の内面を明らかにすることになろう」と述べた。

(3) その代表的な研究に、Packer, *Christina Rossetti* がある。

(4) Antony H. Harrison は *Christina Rossetti in Context* の中で、Crump の組織的な本文批評をもとに、ロセッティの "Maude Clare" という詩を、彼女の推敲の過程をたどりつつ分析した。推敲の前後でいかに詩の効果が変化したか、ロセッティが詩の技巧にいかに注意を払ったかを明らかにし、彼女の詩を感情の素直な表現であるとしてもっぱら伝記的に読むことの危険性を指摘している (2-8)。

(5) *The Achievement of Christina Rossetti* (edited by David A. Kent, 1987) は、ロセッティ研究における新しい展開を告げる、記念碑的な論文集となった。あとがきの中で G. B. Tennyson は、様々な批評方法による論文を集めたこの本は、全く伝記批評を否定するものではないが、これまで往々にしてそうであったようにロセッティの人生を問題にするのではなく、彼女の作品そのものを問題にするという点で一致している、と述べた (346-55)。

(6) W. David Shaw は、"Projection and Empathy" において、ロセッティ他ヴィクトリア朝詩人の詩における、外界の事物に対する感情の投影と感情移入について論じた。

(7) 三編の引用は Crump I より行う。

(8) 翻訳は拙訳『小鬼の市とその他の詩』より (142-43)。

(9) この多義性は McGann が "Problems of Canon and Periodization", 216 において指摘している。

(10) 翻訳は拙訳『小鬼の市とその他の詩』より (124-25)。

(11) "speaking silence" は文法的に二通りの解釈ができる。ひとつは "speaking" を現在分詞にとり、沈黙それ自体が語る (Silence that speaks) とする解釈。

(8) Landow 40.

(9) 予表論の型については Korshin, *Typologies in England* を主に参考にした。

(10) ここに挙げた三つの型の予表論を基本としてこれらの型が組み合わされたり、アレゴリーやエンブレム等他の象徴様式と混合されたり、宗教的意味が薄まるなどのケースがあり、予表論の現れは様々である。

(11) Lewalski, 'Typological Symbolism and the "Progress of the Soul" in Seventeenth-Century Literature' を参照。ロセッティにおける 17 世紀宗教詩とその予表論の影響については、Cantalupo, "Christina Rossetti: The Devotional Poet and the Rejection of Romantic Nature" を参照。

(12) ロセッティと前千年王国論との関わりについては、本書第 1 章「『夢の国』と魂の眠り」を参照。

(13) 俗化された予表論的構造については、Landow に所収の論文 "Typological Structures: The Examples of Gerard Manley Hopkins and Dante Gabriel Rossetti" を参照。

(14) Crump I, "Monna Innominata", 86-93。訳は筆者による。以後引用はすべて Crump 版による。なお、ソネット 5 番には、聖書の次の箇所への言及が見られる。「ガラテヤ書」5 章 1 節、「マタイによる福音書」5 章 48 節、「ヘブル書」13 章 21 節、「創世記」2 章 18 節。

(15)「ルカによる福音書」5 章 4-6 節参照。「先生、わたしたちは夜通し苦労しましたが、何もとれませんでした。」

(16) 初めて出会った日を愛の絆の印と捉える発想は、ペトラルカのソネットに見られる。

(17) 予表の意味を読みとることの難しさについては、Landow 34-46 参照。

(18) ヴィクトリア時代に広く見られる、予表を旧約聖書の中に限らずあらゆる自然の事物に適用するという場合にも、予表の特定の時間性は薄れる。

(19) Wheeler 119-74.

3. 間接的に伝える――象徴と保留

(1) William Michael Rossetti, "Memoir", in *The Poetical Works of Christina Georgina Rossetti*, lxviii-lxix. ウィリアムは「私の見たところ、クリスティ

(9) Wheeler 33-36.

(10)「ヨハネによる福音書」11 章 11 節。

(11) ロセッティはこれらをたびたび自身の詩の典拠としている。Crump II: 208, 237, Crump I: 199.

(12) この考えは「蓋然性の原理」と呼ばれている。Martin, *John Keble*, 43 を参照。

(13) キーブルはこのような意味のレヴェルを三段階に分け、それぞれ詩的・道徳的・神秘的意味と呼んでいる。初期キリスト教会の教父は四段階のレヴェルを考えていた。また、「保留」は類比と関係の深い概念である。上記注 6 を参照。

(14) McGann, "Problems of Canon and Periodization", 240n.

(15) Harrison, *Christina Rossetti in Context*, 65.

2. 予表論の「モンナ・インノミナータ」── ソネットのソネット

(1) Landow, *Victorian Types*, *Victorian Shadows*.

(2) Landow 87-88.

(3) Peterson, "Restoring the Book:"; Arsenau, "Pilgrimage and Postponement".

(4) Crump II: 86-93.『野外劇とその他の詩』*A Pageant and Other Poems* (1881) に初出。

「モンナ・インノミナータ」の翻訳に『クリスティーナ・ロセッティ　叙情詩とソネット選』(訳・注 橘川寿子) がある。

(5) 宮廷風恋愛 (courtly love) は中世のヨーロッパ文学で発展した、優雅で騎士道的な恋愛の礼儀・教義。アンドレアス・カペルラヌス著『宮廷風恋愛の技術』参照。ペトラルカは『カンツォニオーレ (抒情詩集)』で、ラウラという女性への報われない愛をうたった。

(6) このような「失われた希望」を歌った女性詩人たちは、フェリシア・ヘマンズやレティシア・ランドン等である。Leighton, *Victorian Women Poets* を参照。

(7) 予表論の定義の問題を扱った論文として Emmerson, "*Figura* and the Medieval Typological Imagination" が参考になる。

注

はじめに

（1）Jerome Mitchell, *The Walter Scott Operas: an Analysis of Operas Based on the Works of Sir Walter Scott*. Univ. of Alabama Press, 1977.

第一部

1.「夢の国」と魂の眠り —— 前千年王国論と類比

（1）Crump I: 27. 翻訳は拙訳『小鬼の市とその他の詩』より。詩の初出はラファエロ前派の広報誌でもあった『芽生え』（*The Germ*, 1850）。

（2）*Oxford English Dictionary* の “joy” の項に、“a state of happiness or felicity; esp. the perfect bliss or beatitude of heaven” とある。

（3）前千年王国論については McGann, “Problems of Canon and Periodization”, 239-52; Waller 465-82; Wheeler 79-83;『西洋思想大事典』第三巻「千年王国論」の項を参照。なお、千年王国論は、前千年王国論と、至福千年をあくまでも寓意的にとらえ、精神的な状態のことだとする後千年王国論とに分類される。

（4）聖書において「魂の眠り」の教義を裏づけるのは、「テサロニケの信徒への手紙 一」（4 章 13-17 節）である。

（5）McGann, “Problems of Canon and Periodization”, 243.

（6）オックスフォード運動の詩論の中心的な概念である「類比」について詳しくは、G. B. Tennyson, *Victorian Devotional Poetry* 12-71、および本書の補遺「オックスフォード運動の宗教的象徴の詩学」を参照。

（7）G. B. Tennyson、W. David Shaw, *The Lucid Veil* 196-98 を参照。G. B. Tennyson は、ロセッティはオックスフォード運動の詩学の真の継承者であると述べている（198）。

（8）予表論については本書第一部第 2 章「予表論の『モンナ・インノミナータ』」を参照。

『ラ・シルフィード　パリ・オペラ座バレエ』（映像）DVD 日本コロムビア（株）2012 年　ラコット版
ルルカー、マンフレート『聖書象徴事典』人文書院　1988 年
ロセッティ、クリスティナ『クリスティーナ・ロセッティ　叙情詩とソネット選』橘川寿子訳・注　音羽書房鶴見書店　2011 年
──『小鬼の市とその他の詩　クリスティナ・ロセッティ詩集』滝口智子訳　鳥影社　2019 年
ロックハート、J・G『ウォルター・スコット伝』佐藤猛郎、内田市五郎、佐藤豊、原田祐貨訳　彩流社　2001 年
渡辺守章編『舞踊評論　ゴーチエ／マラルメ／ヴァレリー』井村実名子、渡辺守章、松浦寿輝訳　新書館　1994 年

参考文献補遺

ロセッティの「ゴブリン・マーケット」翻訳（部分訳を含む）一覧

「姉妹」（蒲原有明による散文抄訳）『婦人界』1904 年（明治 37 年）
「化物市」『クリスティイナ・ロウゼッティ』竹友藻風著　研究社　1924 年
「怪物市場」『クリスティナ・ロゼッティ詩集』中村千代訳　開隆堂　1926 年
「お化け商人」『クリスチナ・ロセッティ詩抄』入江直祐訳　岩波文庫　岩波書店　1940 年
「ゴブリン・マーケット──鬼の市」『夜の勝利──英国ゴシック詞華撰 II』高山宏編・訳　国書刊行会　1984 年
「小鬼の市」『新版魔法のお店』所収　荒俣宏編訳　ちくま文庫　1989 年
「妖魔の市」矢川澄子訳『ヴィクトリア朝妖精物語』所収　ちくま文庫　1990 年
「妖精の市場」（部分訳）『イギリス童謡の星座』内藤里永子著　吉田映子訳　大日本図書　1990 年
「小鬼の市（ゴブリン・マーケット）」『純愛の詩人クリスチナ・ロセッティ　詩と評伝』岡田忠軒　南雲堂　1991 年
『ゴブリン・マーケット』クリスティナ・ロセッティ　井村君江監修　濱田さち訳　レベル　ビレッジプレス　2015 年
「小鬼の市」『小鬼の市とその他の詩　クリスティナ・ロセッティ詩集』滝口智子訳　鳥影社　2019 年

中沢新一『対称性人類学』カイエ・ソバージュV　講談社　2006年
長野由紀『バレエの見方』新書館　2003年
ノディエ、シャルル「トリルビー」『ノディエ幻想短編集』篠田知和基編訳　岩波文庫　1990年
バジーレ、ジャンバティスタ『ペンタメローネ』上下　杉山洋子、三宅忠明訳　岩波文庫　2005年
バフチン、ミハイル『ドストエフスキーの詩学』望月哲男、鈴木淳一訳　ちくま学芸文庫　1995年
浜本満・浜本まり子共編『人類学のコモンセンス ―― 文化人類学入門』　学術図書出版社　1994年
樋口欣三『ウォルター・スコットの歴史小説 ―― スコットランドの歴史・伝承・物語』英宝社　2006年
平林正司『十九世紀フランス・バレエの台本 ―― パリ・オペラ座』慶應義塾大学出版会　2000年
フーコー、ミシェル『言葉と物』渡辺一民、佐々木明訳　新潮社　1974年
ブラウ、P. M.『交換と権力 ―― 社会過程の弁証法社会学』間場寿一他訳　新曜社　1996 (1974) 年
フリース、アト・ド『イメージ・シンボル事典』大修館書店　1984年
フレッチャー、A.、ウェレック、R. 他『アレゴリー・シンボル・メタファー』高山宏、稲垣良典他訳　平凡社　1987年
ペロー、シャルル『完訳ペロー童話集』新倉朗子訳　岩波書店　1982年
ポオ、エドガー・アラン『詩と詩論』福永武彦他訳　東京創元社　2000年
松井優子『スコット ―― 人と文学』勉誠出版　2007年
村田はるせ『アフリカで作家であるということ ―― ベルナール・ダディエとヴェロニック・タジョーから読む西アフリカのフランス語文学』東京外国語大学大学院博士論文　2010年
モース、マルセル『贈与論　他二編』森山工訳　岩波文庫　岩波書店　2014年
――『贈与論』有地亨訳　勁草書房　1962年
米本弘一「運命の流砂 ―― 『ラマムアの花嫁』」(第六章)『フィクションとしての歴史 ―― ウォルター・スコットの語りの技法』英宝社　2007年
――「スコットの非合理世界 ―― 『ラマムアの花嫁』における超自然的なるもの ―― 」*Osaka Literary Review*, 17:71-82. 1978年

『西洋思想大事典』平凡社　1990 年
高橋由季子「三角関係からみた女性ダンサーのイメージについて」『学習院大学人文科学論集 』XXII (2013) 185-218 頁
――「ロマン派バレエにおける女性ダンサーのイメージについて」『学習院大学人文科学論集』XXI (2012) 185-209 頁
滝口智子「アフリカで死ぬということ ―― 十九世紀英国詩人レティシア・ランドンの物語」『文学と戦争　英米文学の視点から』文学と評論社編　英宝社　2013 年　95-110 頁
――「イヴの娘たち ―― クリスティナ・ロセッティの劇的独白 ――」『中国四国英文学研究』創刊号　2004 年　1-11 頁
――「語り直される贖いの物語　女性のために ―― クリスティナ・ロセッティの『小鬼の市』」『文学と評論』第 3 集第 4 号　2005 年　40-52 頁
――「境界に住むものたち ―― ロマンティック・バレエ『ラ・シルフィード』と妖精譚『トリルビー』」『文学と評論』第 3 集第 10 号　2014 年　36-46 頁
――「クリスティナ・ロセッティ作『王子の旅』: 翻訳と解説」『経済理論』396 号　和歌山大学経済学会　2019 年　107-27 頁
――「交換と死 ―― レティシア・ランドンのロマンス、『金いろの菫』」『ロマンティシズム』文学と評論社編　英潮社　2007 年　63-76 頁
――「サッフォーと十九世紀英国の女性詩人たち (1) 身投げ伝説と女性の死」『経済理論』353 号　和歌山大学経済学会　2010 年　91-105 頁
――「サッフォーと十九世紀英国の女性詩人たち (2) ランドン、ヘマンズ、クリスティナ・ロセッティのサッフォー像」『経済理論』356 号　和歌山大学経済学会　2010 年　75-99 頁
――「『眠りの森』とクリスティナ・ロセッティの『王子の旅』 ―― ふたつの時と妖精の魔法」『比喩　英米文学の視点から』文学と評論社編　英宝社　2019 年　83-99 頁
――「クリスティナ・ロセッティの幽霊詩 『小鬼の市とその他の詩』より」(翻訳と解説) 『文学と評論』第 3 集第 12 号　2017 年　53-65 頁
――「ロマンスの再構築 ―― ウォルター・スコットの『ラマムアの花嫁』」『超自然　英米文学の視点から』文学と評論社編　英宝社　2016 年
谷田博幸『図説　ヴィクトリア朝百貨事典』河出書房新社　2001 年
デリダ、ジャック『死を与える』廣瀬浩司・林好雄訳　ちくま書房　2004 年

Sensibility". *Tradition and the Poetics of Self in Nineteenth-Century Women's Poetry*. Ed. Barbara Garlick. Amsterdam and New York: Rodopi, 2002. 177-92. E-Book published 2021.
——. *Recasting Women's Stories In the Poetry of Felicia Hemans, Letitia Landon, and Christina Rossetti* . Doctoral Dissertation, Leiden University, 2011.
Taylor, Edgar. *German Popular Tales*. London: C. Baldwyn, 1823, 1826.
Tennyson, G. B. *Victorian Devotional Poetry: The Tractarian Mode*. Cambridge, Mass: Harvard UP, 1981.
Trowbridge, Serena. *Christina Rossetti's Gothic*. London: Bloomsbury, 2013.
Waller, John O. "Christ's Second Coming: Christina Rossetti and the Premillennialist". *Bulletin of the New York Public Library* 73 (1969): 465-82.
Watson, George. "Joseph Butler". *The English Mind: Studies in the English Moralists Presented to Basil Willey*. Eds. Hugh Sykes Davies and George Watson. Cambridge: Cambridge UP, 1964.
Watt, Julie. *Poisoned Lives: The Regency Poet Letitia Elizabeth Landon (L.E.L.) and British Gold Coast Administrator George Maclean*. Brighton: Sussex Academic Press, 2010.
Wheeler, Michael. *Death and the Future Life in Victorian Literature and Theology*. Cambridge: Cambridge UP, 1990.
Williams, Isaac. "On Reserve in Communicating Religious Knowledge", *Tracts for the Times*, nos. 80 and 87. London, 1833-41 ; rpt. by AMS Press, New York, 1969.

井野瀬久美恵、北川勝彦編著『アフリカと帝国――コロニアリズム研究の新思考にむけて』晃洋書房　2011 年
ヴァイプリンガー、アンジェラ『おとぎ話にみる愛とエロス――「いばら姫」の深層』入江良平・富山典彦訳　新曜社　1995 年
大槻博訳『英国中世ロマンス』旺史社　1988 年
カペルラヌス、アンドレアス 『宮廷風恋愛の技術』ジョン・ジェイ・パリ編　野崎秀勝訳　叢書・ウニベルシタス 297　法政大学出版局　1990 年
クリステヴァ、J『女の時間』棚沢直子、天野千穂子訳　勁草書房　1991 年
菅野正彦『中世のイギリス・ロマンス』英宝社　2003 年
鈴木晶『グリム童話』講談社現代新書　1991 年

Peterson, Linda H. "Restoring the Book: The Typological Hermeneutics of Christina Rossetti and the PRB". *Victorian Poetry*, vol. 32, nos. 3 & 4 (Autumn-Winter 1994): 209-32.

Prickett, Stephen. *Romanticism and Religion: the Tradition of Coleridge and Wordsworth in the Victorian Church*. Cambridge: Cambridge Univ. Press, 1976.

Rappoport, Jill. "Buyer Beware: The Gift Poetics of Letitia Elizabeth Landon". *Nineteenth-Century Literature*, vol. 58, no. 4 (2004): 441-73.

——. *Giving Women: Alliance and Exchange in Victorian Culture*. Oxford: Oxford UP, 2012.

Reynolds, Frederic Mansel. Ed. *The Keepsake for 1829*. London: Hurst, Change, and Co. 1828.

Rossetti, Christina. *The Complete Poems of Christina Rossetti, A Variorum Edition*. Ed. R. W. Crump, 3 vols. Baton Rouge: Louisiana State UP, 1979-90. 本文中 Crump と記す。

——. *The Poetical Works of Christina Georgina Rossetti*. Edited by William Michael Rossetti. London: Macmillan and Co., 1906.

Sato, Yumi. "'No Friend Like a Sister': Womanhood and Poetic Vocation in Christina Rossetti". *Phoenix* (Hiroshima University), vol. 63 (2005): 1-20.

Scott, Sir Walter. *The Bride of Lammermoor*. World Classics. Edited with an Introduction by Fiona Robertson. Oxford UP, 1991.

Shaw, W. David. *The Lucid Veil: Poetic Truth in the Victorian Age*. London: Athlone, 1987.

——. "Projection and Empathy in Victorian Poetry". *Victorian Poetry*, vol. 19, no. 4 (1981) : 315-36.

Silver, Carole G. *Strange and Secret Peoples: Fairies and Victorian Consciousness*. Oxford: Oxford UP, 1999.

Smith, Andrew. *Gothic Literature*. Edinburgh Univ. P, 2013.

Stauffer, Andrew M. "The Goblin Men and the Flower Girl: New Sources for 'Goblin Market'", *Victorian Poetry*, vol. 56, no.1 (2018): 47-58.

Stephenson, Glennis. *Letitia Landon: The Woman behind L. E. L.* Manchester: Manchester UP, 1995.

Sypher, F. J. *Letitia Landon: A Biography.* Scholars' Facsimiles & Reprints, 2004.

Takiguchi, Tomoko. "Christina Rossetti in Secrecy — Revising the Poetics of

Victorian Women's Writing. Athens: Ohio Univ.P, 2008.

Manning, Peter J. "Wordsworth in the *Keepsake, 1829*". *Literature in the Marketplace: Nineteenth-Century British Publishing & Reading Practices.* Eds. John O. Jordan and Robert L. Patten. Cambridge: Cambridge UP, 1995. 44-73.

Marsh, Jan. *Christina Rossetti: A Writer's Life*. New York: Viking, 1994.

Martin, Brian W. *John Keble : Priest, Professor and Poet*. London : Croom Helm, 1976.

Maxwell, Catherine. "Tasting the 'Fruit Forbidden': Gender, Intertextuality, and Christina Rossetti's *Goblin Market*". *The Culture of Christina Rossetti: Female Poetics and Victorian Contexts*. Eds. Mary Arseneau, Antony H. Harrison, and Lorraine Janzen Kooistra. Ohio UP, 1999. 75-101.

McGann, Jerome. "Problems of Canon and Periodization: The Case of Christina Rossetti". *The Beauty of Inflections: Literary Investigations in Historical Method and Theory*. Oxford: Clarendon, 1985. 239-52.

—. "Scott's Romantic Postmodernity". *Scotland and the Borders of Romanticism*. Eds. Leith Davis, Ian Duncan, and Janet Sorensen. Cambridge UP, 2011.

Menke, Richard. "The Political Economy of Fruit". *The Culture of Christina Rossetti: Female Poetics and Victorian Contexts*. Eds. Mary Arseneau, Antony H. Harrison, and Lorraine Janzen Kooistra. Ohio UP, 1999. 105-36.

Miller, Lucasta. *L. E. L. The Lost Life and Scandalous Death of Letitia Elizabeth Landon, the Celebrated "Female Byron"*. New York: Alfred A. Knopf, 2019.

Mitchell, Jerome. *The Walter Scott Operas: an Analysis of Operas Based on the Works of Sir Walter Scott*. Univ. of Alabama Press, 1977.

Moine, Fabienne. *Women Poets in the Victorian Era: Cultural Practices and Nature Poetry*. New York: Routledge, 2016.

Morrill, David F. "'Twilight Is Not Good for Maidens': Uncle Polidori and the Psychodynamics of Vampirism in 'Goblin Market'", *Victorian Poetry*, vol. 28, no.1 (1990): 1-16.

Mourão, Manuela. "Remembrance of Things Past: Literary Annuals' Self-Historicization". *Victorian Poetry*, vol. 50, no. 1 (Spring 2012): 107-23.

Opie, Iona and Peter. *The Classic Fairy Tales*. London: OUP, 1980.

Packer, Lona Mosk. *Christina Rossetti*. Barkeley and Los Angeles: Univ. of California Press, 1963.

the Times, no. 89. London, 1841. Rpt. by AMS Press. New York, 1969.

Kent, David A. Ed. *The Achievement of Christina Rossetti*. Ithaca and London: Cornell University Press, 1987.

Korshin, Paul J. *Typologies in England : 1650-1820*. Princeton: Princeton Univ. Press, 1982.

Labbe, Jacqueline M. *The Romantic Paradox: Love, Violence and the Uses of Romance, 1760-1830*. London: Macmillan, 2000.

Landon, Letitia Elizabeth. *Fisher's Drawing-Room Scrapbook 1836, With Poetical Illustrations by Letitia Elizabeth Landon*. A Facsimile Reproduction with an Introduction by Terence Allan Hoagwood and Gina Elizabeth Opdycke. Ann Arbor, Scholars' Facsimiles & Reprints, 2004.

――. *The Golden Violet, with Its Tales of Romance and Chivalry: and Other Poems*. London: Longman, 1827.

――. *The Venetian Bracelet, The Lost Pleiad, A History of the Lyre, and Other Poems*. London: Longman, 1829.

Landow, George P. *Victorian Types, Victorian Shadows: Biblical Typology in Victorian Literature, Art and Thought*. New York: Routledge & Kegan Paul, 1980. Reprinted in 2014.

La Sylphide.（映像）The Royal Danish Ballet. DVD. NVC ARTS, a Warner Music Group Company. 1988. ブルノンヴィル版

Lawford, Cynthia. "'Thou shalt bid thy fair hands rove': L.E.L.'s Wooing of Sex, Pain, Death and the Editor". *Transatlantic Poetesses*, Number 29-30 (2003).

Ledbetter, Kathryn. *Tennyson and Victorian Periodicals: Commodities in Context*. Routledge, 2019. First published Ashgate, 2007.

――. *British Victorian Women's Periodicals: Beauty, Civilization, and Poetry*. New York: Palgrave Macmillan, 2009.

Leighton, Angela. *Victorian Women Poets: Writing Against the Heart*. New York and London: Harvester Wheatsheaf, 1992.

Lewalski, Barbara Kiefer. 'Typological Symbolism and the "Progress of the Soul" in Seventeenth-Century Literature', in *Literary Uses of Typology: from the Late Middle Ages to the Present*, ed., Earl Miner. Princeton: Princeton Univ. Press, 1977.

Lysack, Krista. *Come Buy, Come Buy: Shopping and the Culture of Consumption in*

2017): 423-50.

D'Amico, Diane. "Christina Rossetti: The Maturin Poems". *Victorian Poetry*, vol. 19, no.2 (Summer, 1981): 117-37.

Easley, Alexis. *First-Person Anonymous: Women Writers and Victorian Print Media, 1830-70*. Burlington: Ashgate Publishing Company, 2004.

Emmerson, Richard K. '*Figura* and the Medieval Typological Imagination'. *Typology and English Medieval Literature,* ed., Hugh T. Keenan. New York: AMS Press, 1992, 7-42.

Engelhardt, Molly. *Dancing Out of Line: Ballrooms, Ballets, and Mobility in Victorian Fiction and Culture*. Athens, Ohio: Ohio UP, 2009.

Evans, B. Ifor. "The Sources of Christina Rossetti's Goblin Market", *Modern Language Review* 28, no.1 (1933): 156-65.

Faxon, Frederick W. *Literary Annuals and Gift Books: A Bibliography*. Reprinted with supplementary essays by Eleanore Jamieson & Iain Bain. Ravelston: Private Libraries Association, 1973. The original version was published by Boston, Mass: The Boston Book Company, 1912.

Gottlieb, Evan. "Sir Walter and Plain Jane: Teaching Scott and Austen Together." *Approaching to Teaching Scott's Waverley Novels*. Eds. Evan Gottlieb and Ian Duncan. New York: The Modern Association of America, 2009.

Greenaway, Kate. *Language of Flowers*. London: Routledge, 1884.

Guest, Ivor. *The Romantic Ballet in England: Its Development, Fulfilment and Decline*. London: Pitman Publishing, 1972. Rpt. of 1954.

Harrison, Antony H. *Christina Rossetti in Context*. Brighton: Harvester Press, 1988.

Hillard, Molly Clark. *Spellbound: The Fairy Tale and the Victorians*. Columbus: Ohio UP, 2014.

Homans, Jennifer. *Apollo's Angels: A History of Ballet*. New York: Random House, 2010.

Hönninghausen, Lothar. *The Symbolist Tradition in English Literature: A Study of PreRaphaelitism and Fin de Siècle*. Cambridge: Cambridge UP, 1988.

Hullah, Paul. *We Found Her Hidden: The Remarkable Poetry of Christina Rossetti*. Partridge Publishing Singapore, 2016.

Keble, John. *Lectures on Poetry*. Trans. E. K. Francis. 2vols. Oxford UP, 1912.

——. "On the Mysticism Attributed to the Early Fathers of the Church". *Tracts for*

参考文献

Arseneau, Mary. "Pilgrimage and Postponement: Christina Rossetti's *The Prince's Progress*." *Victorian Poetry*, vol.32, nos. 3 & 4 (Autumn-Winter 1994): 279-98.

Baiesi, Serena. *Letitia Elizabeth Landon and Metrical Romance: The Adventures of a 'Literary Genius'*". New York and Oxford: Peter Lang, 2010.

Baker, Mary Elizabeth. *The Romantic Ballet: A Meshing of Romantic Aesthetics and Victorian Cultural Images*. Sweet Briar College, Virginia. Doctoral Dissertation (1984).

Banes, Sally and Noël Carroll. "Marriage and Inhuman: *La Sylphide*'s Narratives". *Rethinking the Sylph*, ed. Lynn Garafola. Wesleyan UP, 1977. 91-105.

Batt, Richard. Ed. *Gleanings in Poetry, with Notes and Illustrations*. London: Harvey & Darton, 1836.

Bell, Mackenzie. *Christina Rossetti: A Biographical and Critical Study*. Cambridge: Roberts Brothers, 1898.

Bellas, Ralph A. *Christina Rossetti*. Boston: Twayne Publishers, 1977.

Blanchard, Laman. *Life and Literary Remains of L. E. L.* In two volumes. London: Henry Colburn, 1841.

Bown, Nicola. *Fairies in Nineteenth-Century Art and Literature*. Cambridge: Cambridge UP, 2001.

Bright, Michael. "English Literary Romanticism and the Oxford Movement". *Journal of the History of Ideas*, 40 (1979): 385-404.

Bronfen, Elisabeth. *Over Her Dead Body: Death, Femininity and the Aesthetic*. New York and Manchester: Manchester UP, 1992.

Brown, David. *Walter Scott and the Historical Imagination*. London: Routledge & Kegan Paul, 1979.

Cantalupo, Catherine Musello. "Christina Rossetti: The Devotional Poet and the Rejection of Romantic Nature", in *The Achievement of Christina Rossetti*, ed., David A. Kent. Ithaca and London: Cornell Univ. Press, 1987.

Cobbold, Elizabeth. *Cliff Valentines*. Ipswich: J. Raw, 1813.

Coulson, Victoria. "Redemption and Representation in *Goblin Market*: Christina Rossetti and the Salvific Signifier". *Victorian Poetry*, vol. 55, no. 4 (Winter

第二部　死の贈与と再生 ── レティシア・ランドン（L.E.L）とロセッティ

5. 交換と死 ── ランドンのロマンス、「金いろの菫」

「交換と死 ── レティシア・ランドンのロマンス、『金いろの菫』」『ロマンティシズム』文学と評論社編　英潮社　2007 年　63-76 頁

6. アフリカで死ぬということ ── ランドンと死／詩の贈与

「アフリカで死ぬということ ── 十九世紀英国詩人レティシア・ランドンの物語」『文学と戦争　英米文学の視点から』文学と評論社編　英宝社　2013 年　95-110 頁

7. 「ゴブリン・マーケット（小鬼の市）」の金と銀 ── コボルド、ランドン、ロセッティにおける贈与交換の系譜

「『ゴブリン・マーケット』の金と銀 ── コボルド、ランドン、ロセッティにおける贈与交換の系譜」『文学と評論』第 3 集第 13 号　総 50 号記念号　2020 年　13-24 頁

第三部　異世界／妖精の国へ ── ウォルター・スコットとロマンティック・バレエ

8. スコット作『ラマムアの花嫁』 ── 泉の妖精のロマンス

「ロマンスの再構築 ── ウォルター・スコットの『ラマムアの花嫁』」『超自然　英米文学の視点から』文学と評論社編　英宝社　2016 年　57-76 頁

9. 『ラ・シルフィード』と妖精譚『トリルビー』 ── 境界に住むものたち

「境界に住むものたち ── ロマンティック・バレエ『ラ・シルフィード』と妖精譚『トリルビー』」『文学と評論』第 3 集第 10 号　2014 年　36-46 頁

補遺

オックスフォード運動の宗教的象徴の詩学 ── 類比と保留の概念

「オックスフォード運動の宗教的象徴の詩学」『北海道英語英文学』第 37 号　1992 年　23-32 頁

初出一覧

本書は、機関誌や書籍（論文集）に掲載された論文に加筆・修正を施したものである。初期の論考にご意見をくださった方々に心より感謝する。なおも誤りが残されていれば、それは筆者の責任である。

はじめに　書き下ろし

第一部　象徴の詩学　クリスティナ・ロセッティ

1.「夢の国」と魂の眠り ── 前千年王国論と類比

「クリスティナ・ロセッティの『夢の国』における魂の眠り ── 前千年王国論と類比」『主題と方法 ── イギリスとアメリカの文学を読む』 平善介編　北海道大学図書刊行会　1994 年　163-76 頁

2. 予表論の「モンナ・インノミナータ」── ソネットのソネット

「予表論のクリスティナ・ロセッティ」『近代英文学への招待 ── 形而上派からモダニズムへ』 本田錦一郎編著　北星堂書店　1998 年　173-90 頁

3. 間接的に伝える ── 象徴と保留

「クリスティナ・ロセッティの象徴と保留」『文学と評論』第 2 集第 7 号　1990 年　35-46 頁

4.「眠りの森」と「王子の旅」── ふたつの時と多重の声

「『眠りの森』とクリスティナ・ロセッティの『王子の旅』── ふたつの時と妖精の魔法」『比喩　英米文学の視点から』文学と評論社編　英宝社　2019 年　83-99 頁

【わ行】

【ま行】

【や行】

【ら行】

【た行】

◉ 索　引 ◉

・本文および注で言及した人名、作品名、媒体名等を配列した。
・括弧内に原語表記を記した。人名については生没年も記載している。
・作品名は原則として作者名の下位に配置した。

【著者紹介】

滝口　智子（たきぐち・ともこ）

北海道大学大学院修士課程修了、同大学院博士後期課程中退。ライデン大学（オランダ）にて博士号（英語文学）取得。

現在、和歌山大学他で非常勤講師。

専門は 19 世紀イギリス文学・文化、特に女性詩人研究。

著書に *Tradition and the Poetics of Self*（共著、Rodopi）、『比喩　英米文学の視点から』『超自然　英米文学の視点から』（いずれも文学と評論社編、共著、英宝社）など。

訳書に『小鬼の市とその他の詩　クリスティナ・ロセッティ詩集』（鳥影社）がある。

クリスティナ・ロセッティの詩学とその周辺

Gold and Silver in Goblin Market

2023 年 9 月 30 日　初版第 1 刷発行　　定価はカバーに表示しています

著　者　滝口　智子

発行者　相坂　　一

発行所　松籟社（しょうらいしゃ）
〒 612-0801　京都市伏見区深草正覚町 1-34
電話　075-531-2878　振替　01040-3-13030
url　http://www.shoraisha.com/

印刷・製本　モリモト印刷株式会社
装幀　安藤紫野（こゆるぎデザイン）
カバー・扉装画　滝口智子

Printed in Japan

ISBN978-4-87984-440-8　C0098